SV

Friederike Mayröcker
Winterglück

Gedichte 1981-1985

Suhrkamp Verlag

Erste Auflage 1986

Druck: MZ-Verlagsdruckerei GmbH, Memmingen
Printed in Germany

Winterglück

auf dem Boden, und in den Wolken im Mai

da fliegt mir
das Auge davon diese
Ringeltaube in die Allee mit den dunklen knorrigen
Stämmen, den grünen strömenden
Wipfeln, den bunten jubelnden
Tieren, in finsteren
Tropfen der Wasserfürst Füße
mit Schnauze während
im Mohrengewande
ich . .

an eine Mohnblume mitten in der Stadt

aus meinen Köpfen sprießt
das Feuerwerk der Tränen, der
Flieder rostet, der Liguster
weht, die Camouflage des
Sommers läßt Gewitter ahnen –
Wolfsmilch besamt die Flur, die
Stare fallen, Mücken
flirren im Dorngebüsch, das
abgewelkte Blühen einer
Wolke von erbsengrüner Kirschenfrucht
gekrönt –
samt aufgeprägten kaiserlichen
Doppeladlern – Portraits auf roten Ziegeln – bröckelt
die Friedhofsmauer ab
gestützt nur noch von immergrünen
Efeuranken –
im Aufwind flügelschlagend
steht
raubvogelgleich mein Herz nach Beute äugend

Wolkengekritzel, Deutschland im Mai

dieser Wiegen-
druck Deutschland im Mai, nämlich
am Eifeltor, aus dem rosa-
farbenen Kirschhimmel wehte
es Blüten auf mich dann wie zerzaust, im
Mailicht glitten
Kirschblüten auf mich
nieder während die weiße
Wolke die Bären-
füße wollen alles
zertreten, ich schnalze
ihr was entgegen : im Baldachin-
rosa mein Zwiegespräch mit
der Amsel auf der Höhe der Kehle der
Nachtigall, würdige
Sängerin, Königin, die
Schnäbel am Fuß, den
Bernstein im Nacken, *ein echtes*
revival, sagt jemand als
er an mir vorüberging, eine
Diva im Frühling, das dunkle Auge im
Leib

blauer Streusand

ein schleh-
ein schlier-
ein schlichter Wasserling
die kleinen weißen Blicke Blüten
die kleinen weißen Linsen schwimmend
auf Tümpeln grün, der Frühling
längst gehißt, schwer
bricht Liguster auf, mit diesem
Mut jongliere ich mit diesen
weiß geschliffnen Nüstern –
ich bringe meine Tage hin.
Die Bläue mächtig
durch die hellen Kronen bricht, umhimmelt
mich der sanfte Hauch bis an den
Steckling   Schwalben, rosafarben
kreuzen die heilsvergeßne
Welt bis Stecklinge in allen Rosenfarben undsoweiter /
durch dieses
Herzens unratbare Zeiten dringen
wie jene Finsternis der
Sonne Seidenspinner
...

als Gras im Mund.

Rohrmoos 85

mit Tau gewaschen die
grünen Stiefel, ich sah
eine Grille im Gras am Morgen im
Garten im Gras der verknitterte
Mond im zerknitterten
Spiegelbild Traum, der
Spiegel im Traum die tauenden
Spiegel im Mond im August so
strahlend der Morgen –
die Namensschildchen am Gartentor, plötzlich
fiel es mir auf, am Gartentor die beiden
Schildchen mit unseren Namen : verblichen
verwaschen verwischt vom Regen der
fiel, vom Regen der schlug gegen das
Tor in der Nacht und wehte wie über
Gräber .. von unseren
Gräbern gewaschen die Namen, Grabsteine
namenlos plötzlich fiel es mir ein, neben mir der
Andere schwieg, dachte womöglich das
gleiche

im Gebirge, August

unter kahlem Gezweig, junger
Baum steht schief, einzelne kahle
Bäume die nie mehr grünen, steh
ich verspüre die zitternden
Ränder an meiner an seiner Haut des
zwischen zwei Äste gespannten Spinnennetzes
darin ein kleines Insekt, und wild
schwankende Staude rosa und windgefegt wollige
Distelköpfe (»ist ja dein lieber Kopf«) rosa
versponnen verschwommen die lichten Scheitel
der Berge, geschlägert aus dem Rücken des
Bergs gegenüber ein riesiger Halbmond, die
Silberlinge des Birkenlaubs ins flüssige
Blau so blau war so jung so außer mir war und
immer, sauge den zarten Duft, violetten Schaum, Bläue
der Schürze der Bäuerin, nach oben
langend, Requisit der Dienenden?, unter der
Lupe orangerot, nach dem Wäschedraht langend, ver-
schwindet dann im Gebüsch, geht ganz in die Hecke
hinein, Beeren pflückend, beim Beerenpflücken als
ginge sie durch eine Tür, das Nächtliche
aber fremdet den Bund

wie weit muß man gehen um ein flammendes Lamm zu finden

hab ich (abgetrotzt) diese
Zeile, des Hochspannungs-
feuerwerks, funkelnd über der sumpfigen
Wiese, im Tal die Glocken im Buschwerk rührt
sich ein Amselpaar, über der Senke glitzern
die silbernen Drähte, diamantenen
Porzellanhütchen der Masten, ein Erdrutsch und
schwebende Falter dort wo die Lupinen
stehen, schlohgelbe Sturzflut .. Knoten
der Bäuerin, Haarknoten am Hinterkopf, was
bedeutet dieser riesige Haarknoten, prall und
festgezurrt, nach hinten gestrafft, jedes Haar ist
zu spüren wie es beigibt, pariert (so brünett), pfeil-
blaue Luft, Schwalben als Giebel, im
Dämmer zwei Fledermäuse zwischen den Wipfeln
der Fichten, betäubender Duft
der rosa Bauernrosen am Tor; die die Feuchte lieben, nach
den Gewittern, Weberknechte und Spinnen, ziehen
bedächtig über das naßgeregnete Tischtuch des Garten-
tisches, ausgehirnt
pfeilen die Stare, hanghoch und Nessel-
hemd der korpulente Schatten (der Ruhm) wirft sich
vor der Sonne ins Knie

ganz verstreut Streckstuhl und Tisch in einem Garten

die Zeit (die Vogelkirsche)
vertreibt sich selbst, wie rot
der Kasten im Abendlicht!, auf-
brechend plötzlich im Schlaf Versiegeltes, irgend-
welche Verknotungen Überschneidungen bloß geahnte
Zusammenhänge von ehemals im Helldunkel
eines Tagtraums, im Wirbel die Rauch-
fahne eines sich auflösenden über dem Gipfel des
Berges emporziehenden Kondensstreifens, wie
fauchend zum Beispiel Dachstein, fauchender
Dachstein, später
die Wiese –
der weiße Falterreigen Elias und Zeisig zwischen
Huflattichblättern auch Meise, Kohlweißlinge im
Dreigespann, im sirrenden
Mittagslicht sonnt das geschlägerte über einander geschichtete
Birkenholz, schon färbt sich die Eberesche, gegen
das Scheunentor den schiefen
Zaun lehnt Kerbel, von Käfern und Fliegen
besetzt, die Schneise im Mischwald, die Flanken,
kahlen Stellen des Bergs, des Skarabäus'
Flügelpaar, unter dem los-
getretenen Fels lichtgrüne Moospölsterchen in
den Traufen, wir schreiten auf glücklichen
Sohlen, das Abbild der Sonne ist
nicht mehr die Sonne, das plötzliche unerwartete
Lächeln des Häuslers wenn er den Gruß des Sommergastes
erwidert : geknittertes Pergament schrecklich
in Falten gerissen, des Lächelns und Lachens entwöhnt,
bleckt sich zum verfallenden
Zahngeflecht, am Spalier die einzelne dunkle
Rose –   Neidentlassenen ihr . .

mit dem Griffel-Ende des Lebens zwischen
den Fingern schreibe ich, dennoch gesellig, wie ..

und immer tiefer
sinkend in die Erde hinab

Paradies- und Schlangenbaum, Ende August

zwillings-
farben Backe an Backe
im wilden Geäst die tiefroten
Äpfel lila
Herkulesblüten am brennenden
Feldrain schattet
der Phlox zwischen Lobelien
weißen Faltern in den weißhäutigen
Bäumen
des Häuslers Kind :
lianenhaft
wipfelleicht im Gezweig Herz
eines Vogels

Brief nach Oßla

Oßla was für ein Wort, was für ein Name Oßla
was für ein Ort mag Oßla sein, liegt es an einem
Meer, einem Strom, im Gebirge, Oßla Schweiß tropft
zu Boden, Oßla gekippte Sonne, Oßla breite
Schneise in einen Berg, Oßla eine Pyramide, je abgewandt eine
Pyramide aus Gras, mit strahlenförmig geordneten
Ablegern : kleinen Büheln oder Kogeln aus Gras, Pyramiden
der Mahd, duftend und steil in die Mitte des
Bauerngartens gerecht, Mückenschwärme im
Abendlicht, Garben gleißender Helligkeit in
Schüben zwischen Stämmen und Zweigen wenn der Wind
sie bewegt, eilig ängstlich kreuzt ein schillernder
Laufkäfer meinen Weg, o
es ist ganz verrückt : wir fliegen ja um die
Sonne, ihr kupferfarbener Flaum bezwingt unser
Auge, im Gasthausgarten die bunten schiefgestellten
Räder der Sonnenschirme, es ticken die elektrischen
Zäune ringsum, das Tappen des Bergstocks des
Wanderers, knorriger Rübezahlstab, plötzlich der Pfiff des
Vaters (des Vogels) vertraute Kadenz, schon
fließen die Tränen – Oßla! der Südwind weht mir ans
Auge, an die Wange und Stirn, wie vom
Meer von einem Meer eine Brise duftend und
sanft ich schließe die Augen wie vom Meer
strömt es, fächelt es mir ans Haar, an die Lippen, ich
trinke vom warmen Hauch, jene leichte
Brise von fern läuten die Weidetiere es weidet mich weidet mich
aus, Dahlien, Phlox in den Beeten, aus dem Latten-
zaun sprießen einzelne Halme, Kapuzinerkresse, Spitzwegerich,
der untere Teil der Lärche befallen
von Flechten, eine Ulme gibt auf –   das Dreieck
    des Wegs, ich

schreite das Dreieck des Weges ab, hypotenusen-
wärts bemessen von meinem Schatten, Oßla! da sitzt
keiner drauf da lehnt keiner drüber, Radspuren seh
ich im Bett der Straße, in der Mitte des Fahrwegs wölbt sich ein
winziger Grat oder Kamm, Narbe des Grases, dort wächst spärlich
Kamille, Ehrenpreis, Zichorie, wo die Räder den Boden
schonen, die Achse des Wagens verläuft .. drei im Gebälk der
Scheune hängende Sensen schwanken im Lufthauch der
durchs offene
Scheunentor tritt, in Nachbars Garten das Kind, mit einer
Hacke läuft es – sein ächzender Blick, Raster
des Pferdes und Raster des Rinds, gebeugt
geht das Weidetier, sein Leib parzelliert nach
Gütebereichen im Auslagenfenster des Fleischers zu sehen,
Garbe des
Schafs, bei schrägem Blick seh ich meinen Arm tätowiert, nein, mit
Haar-, mit Grassträhnen umwunden, man möchte ein
Schmetterling werden dürfen, Wespe vielleicht, gedrechselt
wie drehbarer Wespenleib, gedrechseltes Becken, schwarz, sich
räkelnd : die krause Schöne, in Shorts, von der Mitte abwärts
Hinterleib einer Wespe, im sonnendurchfluteten Kirchhof,
wo sie die Grab-
steine abliest, ihre Pirouetten dreht, Wespenleib nein nicht
-taille,
von der Taille abwärts, schlendert dreht schon ab über den
Kirchenplatz, Leersein des Ärmels, Zwitschern des
Hypnotiseurs, direkte Flammenschrift in der Luft oder am
Himmel, im ungleichen Rhythmus fliegen die beiden Kinder-
schaukeln, leichtes Lachen aus
Mädchenmund, wer fliegt
höher? Gesicht der Falb-
katze mit rosig durchscheinenden Ohren dahinter die
Sonne, wie ein riesiger Grabhügel streckt sich, wölbt sich die
Wiese, im Forellenteich spiegelt der Himmel, von
Kiesel zu Kiesel hüpfend : Bachstelzenpaar .. ein

altes Fahrradskelett wie achtlos ins Gras
geworfen, liegt vor dem Haus, gekrümmt, in sich zusammen-
gesunken, Infarkt eines einst geliebten
Objekts, Jagdtrophäen unter dem Dach an der Stirn-
wand des Forsthauses : flankiert von Steinbock-
hörnern schimmert ein völlig gebleichtes
Geweih, aus präpariertem Hirschenkopf blickt
betrübtes Glasauge wie in die Ferne .. nichts
scheint im Augenblick wohltuender eben klärender als die Wahrheit
der Umstände, zum Zurücklehnen dienend, hier unter
der Sonne : Rotten von Ahornen, Eschen, Lärchen und
Ulmen, kommen gemeinsam an, kommen entgegen, feurige
Räder .. stellt Sprache sich wieder ein? das Sprechen, das
Fragen, das Blicketauschen, wie mühsam doch alles –
dennoch in Schüben das uneinnehmbare
Paradies, im Zenit als weiße Feder der Tag-
mond steigt nieder, unentschiedene Witterung, eine Hecke
aus Lebensbäumen, die Hänge gesprenkelt von
Löwenzahn, Oßla!, buntscheckig Oßla
in der Reihe der Engel Oßla!   (daß
einer hören mag eine Stimme jenseits des
Meeres, also auch ..)

doppelter Wipfel in R.

daß wir vorüberkamen, löste
ihnen die Zunge

stumm wie von Stein und Greisinnen
saßen sie zu fünft zusammengedrängt
auf der Holzbank vor der gemähten Wiese :

so sind wir sehr und nicht nur
ihrer Augen Beute geworden

in diesem Asyl ganz dünn heute am Himmel

gegriffelt die Heide ach gelbes
Jahr oder Ja, wie es undsoweiter in die ganzen
Bäume hinein schallt – Pingpong der Standuhr, und in den
Wald, vom Sofakissen zurück, gegriffeltes Ja das
Geburtsjahr mit Kreide gegen die Stirn-
front des Hauses des Häuslers gekritzelt, beschriftet
die Stirn des Häuslers (des Hauses) was weiß ich, mein
Jahr, in der Senke das Häuschen so wild-
umschlungen : sie umstehen das Haus : Hase Damhirsch und
Reh, unter dem schrägen Dach mein
Geburtsjahr, unter dem Dach mein
Jahr die Inschrift immer noch in der Senke, umsponnen
von Büschen die alte
Dame scheint Sonne, offensichtlich es läßt
sich sagen, in der Stube die
Unterhaltung, lieben Besuchs und wie es
schallt, ich gehe vorüber, das Hirsch-
geweih und ins Knie, kann ich
genießen, das Plundergebäck in der Stube, wie
geräuchert wehen die Kinder (: Kleinzeug) hervor, wie
räumt ihr die schönen Männer ein, frage ich, in
den Bergen schon Kapuziner wie liebe
Milch wie Annette wie dürre Wand, das
Liegen in ihren Gedichten daß die Masse Kalb
sei, die Lymphen
Seide plus Rot, wir haben wir haben alles schon *lieb-*
verloren –

Sträuße, Kirschen im Wind

es brannte ein
Gesicht, eine
Geste, ein Gefolge Echogefolge
Hahnenschrei, aus dem Tal
jetzt ein lautes Krähen, der
rudernde Mond zart genadelt
gegen die blinkenden Scheiben, die
Schwalbe wirft sich ins Messer
der Luft, plattgewalzt blutig kleines
Pelztier Feldmaus? auf dem Asphalt die
Gliedmaßen von sich gestreckt in
Ergebung; mit ausgespannten
Tragflächen Flügeln Armen ein
fliegender Christus von Rio schwebend
über dem Weltprinzip, zum Zurücklehnen
dienend der Sonnenrost, glänzende
grüne Scherben gegen die Sonne : Büschel
gemähter Halme auf dem dunklen
Asphalt, auch Kirschen im Wind (Haubitzen), mächtige
knallrote Nelken im Beet oder Bett farbiger
Schrecken, die verkrüppelten Schiele-
Bäume im Garten, graugrüne Auffahrt
August, weich
federt der Schritt im Rücken die schmeichelnde
Abendsonne Kleeschöpfe rötlich in
Trauben .. geknickt von
Straßenrand, ansteigendem Hang :
Telegraphenmastschatten – so
gleißend schwarze Pechschichten an nördlichen
Stämmen – – hab ich gebündelt gebüschelt etwas,
die Erde, betäubend in
meiner Hand, Sträuße Wolfsmilch Zyanen,

Apostelbärte im Flechtenwald, die
Fenster mit Heu verstopft nämlich
zerfahrene Ungeduld nämlich zu stiefeln . .
(Gewieher) von
Narrwissenschaft

Landregen, Juli

distelig meine lederne
Dünung ein Mergel, ich
schlafe mit dem Vater dem Sohn dem
heiligen Geist, der Zeiten Wahn er-
drosselt mich dieser Zeisig, ich
befinde mich nicht mehr
in meinem Körper, auch nicht
im Kopf, entsprungen bin ich
aber weiß nicht wohin, ich
weiß nur, dieses Leben
kommt mir nicht wieder, nicht ich
mein Herz weidet
bei traurigen Fluren

feedback, Kuckuck orange

beharrliches graues
Gras, Wasser
das Rosen ansetzt, knisterndes
Blatt-
skelett, krächze / und Mund (Krätze)
».. wenn einst vor Liebe ich stürbe, an meinem
Grabe der Kuckuck riefe ..«, *auch Hahn* :
reckt sommers
aus bunter Kehle den gedrechselten
Trommelstock, während im
Astgefunkel
die Sonne ..

Oval der Sonne

ach im Aprilgefunkel die
taubengrauen Schneisen der
Luft ich bin
keine Ameise sondern im
Lerchenkleid sondern feldgrün und blau
sondern das unzertrennliche
Freundespaar – Herzrose Blumenstern
Dioskurenknospe in seiner Brust oder wie man so
sagt dunkel aus einem Tulpen-
schoß, Raptus im tiefen
Mais, *Halbschneiderei*, die
Dichter tun nur so als wären sie
tot, Ton
aus der Ferne

der Schatten, nicht die Gestalt

seine Fittiche
spannt der Aprilmorgen Mädchen
wie Süden, Lorbeer im
Schattenzelt, hinter grün-
verschlossenem Flieder Daphnes
Marmorleib, Nest des
Westens Maria mit sieben
Schwertern, die gespickte
Brust des Gebirgs, schlaflos
das Auge . . Schlangensolo und
kniender Tisch, im Licht schmelzender
Fluren das Strumpfband der weißen
Birke, *der Schatten, nicht*
die Gestalt – wir Vieläuger wir
Dichter, mit einem
Kustos (Hüter) : mit einem
Anagramm hat alles ja
angefangen!

lieber Bräutigam, Nervenschnee

da liegt
der Kopf auf dem Boden
rosa lila und gelb Stiefmütterchen-
kopf plattgedrückt welchen ich
hüten wollte – ein Brief-
geschenk, ich weiß nicht bei Nacht ich
sehe den gelben und rosa und lila
Totenkopf : aus einer Bodenritze mit starrem
Auge blickt er mich an,

                                        Pupille Armbrust Manschetten
sogar, Äskulap mit gewundener
Hand,

»Staub der Au«

ein Knall dieser
Frühling ANNA
so blindlings und durstig
erzogen gezogen so
halb gezogen entblößt
das zärtliche
Zögern und Ziehen das
Hingezogenwerden in Liebe
Vorgezogenwerden der Blenden, *»du
kennst mich ja«* sagt
die Blüte im Rasenbeet, nämlich so
hat die Knospe mich angeblickt MEINE LIEBE –
also die Drossel im Märchen, mit
Mehlstaub bedeckt, die
Kahlheit der Äste im Frühling, ich
weiß es die rötlichen
Blumen Mondes Blumen des Mundes Blumen
es wird mir düster im Himmel im
Sinn, dunkle Blume des Himmels, die
geborstene Haut der Erde –   rauhe
Bienen wechseln im neuen
Gehölz

so jammern mich die verkehrten Herzen (Bach) das linke
das Ohr : HERZOHR da bist du
mitten im Sehen im Hören ein Bernstein, der Geist
ist natürlich nicht zerschossen aber irgendwie an-
gegriffen ich weiß nicht, also ein Lese-, ein Liebes-, ein Lebens-
verschluß, wirklich : der Jesusknabe bewegte die Lider später
Hände, da ist ein Fremdhelfer Traum, so
draußen war ich schon lange in meiner Kindheit und
immer, auch Weltfrühstücksbörse aus
Luft, was neu ist weil es schon einmal war, da
sind die Zahlen da ist das Himmelreich : genügend
Hund und Kunst, zum Beispiel ein leeres
Zimmer als voll mit Tieren erleben, und Berg-
spiegel, Seelenabrisse, deine Haare und
Wünsche, spannende
Folter Natur, ungefähr neun Uhr schlief ich ein, Mutter
und Schwester sagten sie hätten mich trotz Schüttelns nicht
wachkriegen können so daß sie
erschrocken waren –   mein Herr, Öde an
mir, an die Bretterwand genadelt der Rosenhütte fühlte
ich mich als leeres oder beschriebenes Blatt, ach mein Herr, ich
leugne schon jede Ähnlichkeit mit mir selbst, hocke am liebsten
        am kleinen
lockeren See : sein Name entfiel mir, Narbenspuren am
Firmament, Gottliebinnen alles, so daß sie in einem Zuge durch
jene lächeln, durch welche sie lächeln wollen und weinen durch
jene, durch welche sie weinen wollen, im Schlick
jovialen Leistens ein alter Kaiser verrückt geträumt, scharfrosa
Himmel, im verblassenden Sinne pedantisch, die rötliche
Heckenschrift bei untergehender Sonne verschüttete
Gärten, das Meer in den Farben des Himmels : Tiger-
kostüm, die Disteln am Fluß ach die scheuernden

Knochen, scheuenden Schattenmünder : Knebel und Schaum, die
unterwürfige (flennende) Haut, ein wenig staubig laut-
hals die goldenen
Knospen die dich umgürten ein flammendes
Lendentuch . .

zigeunerst

herum,

Gefühle des Umgangs

jene finsteren
Sonnen Seidenspinner in meinen mehreren
Köpfen : sprießende Tränen also winkt neu
mir das Leben? mit
Mücken im Dorngebüsch, mit Blüten mit
Blut übersät fallen
die Stare ein, das Blut die
Blüte des Grases im grünen im sinkenden
Sensenrausch –   die geschlachteten
Köpfe im bunten
Visier, die tiefen
Wedel der Blumen, Beifuß und
Minze (Hilfsgeister) Fuchsien Ginster-
gestrüpp darin zu spüren zu strecken zu
fassen ans Wasser wo der Kornapfel
schwelgt, und hohle
Wellen . .
Berberitzen und Ackermeister das war
verrückt das war ver-
wittert ein Paradies, das Verrückte hat
seinen Sitz seinen
Glanz, ein Schwanenflaum ist zum Abschied
ein Federchen auf dem Weg gelegen, unter
der Gartentischplatte
wohnte noch bis zuletzt ein zitterndes
Spinnenpaar, aus und ein
durch die Luken des
Stalls flitzten die Schwalben, Saat-
krähen hockten bei
rostiger Egge (Zungen-
lakai), ein Schatten und unter
Büschen, Profile und Seelengestalten, die

Pappelrosen auch Banderolen in rosa als ob –
wie
atme ich Flieder ein wie
Perlmutt der Planeten

der Gott aus der Maschine

Landschaft mit
Talkessel Oranienbaum, dieses
Mitgefühl an den Händen : er
scheint eine große Anzahl von Armen
zu haben, gerät man in seine Nähe hören
die Himmelsrichtungen auf –
ich hielt ihn fest mit gelben
Orchideen .. Emporheit : fest
verankert in der Luft, Gastmahl
des Meeres –
ein Hang ein Honig ein Bienen-
schwarm oder der stete Hang zu Verleugnung von
Wirklichkeit?
Lenau liegt auch auf diesem
Mond oder Messer, der Schnabel
zugleich das Auge
im Kindsmieder nämlich blanker
Ableger Sonnenschein, klumpenweis
Leim oder Leib (semper/immer), also
die schnarrende Wiederkunft solchen
Tages

Nebelmorgen mit Taubenpaar

ein Morgenhabitus Nasenbalg, Schnabel
und Schenkelchen im Föhnsturm danach
das wehe ächzende Knarren Oktoberkeule :
Knirschen in ihren Flügelgelenken, ehe
sie niederschwingen zu mir ans
Fenster –
im Schnabel Daune und Kiel, nachdem
sie sich abgestoßen von gegenüber
im Schlüsselbein schnepfend
oder Akazie, blaugrau : Perle
im Aug

Frühabend im September

aus zwei gegenüberliegenden hohen
Fenstern über die Robinien-
wipfel der Straße hinweg
führen zwei fröhlich blickende
alte Frauen
ein Gespräch
Rapport / oder unwillkürlich

hebt man den Kopf wie nach
verstecktem
Gezwitscher

Bußwinter und Schemen

von Elegien das ist
im grünen Kleid seiner Haut
mich zu verschlingen
verschlingen verschlingen
daß im funkelnden
Vollmond (»*irgendwo jetzt*
scheint um ein Uhr mittags
der Mond ..«)   das Auge
sich schließt vor seiner
Blöße (was
betrübst du dich meine
Seele?)   das schwarze
Barett der Nacht : also
Verstoßung
der hübschen Gewässer (meine Augen
im grünlichen Scheine)
welche in meinen Augen
mit grünlichem Scheine und
schlaflos
umhertrieben

ein Muff

wie Eichendorffs
schneller Winkel :
eine Stunde ist bei dir
zu Besuch –
Schein-
tritt des
Morgens

Mazedonische Nacht

der rabenschwarze Regen holzstückt
und fächelt, spelzt gegen
die Scheiben, nächst-
verwandt zu Spule, Diadem, verzweigter
Stirnreif (Talmi), Bruder Schlaf, die
Silhouette auch, Mohnkapselstaude, ver-
glitzert über schwarzem Scheitel, schnuppend,
pantinenklopfend, *Mutter*
und Wahn

mit dem Fortschreiten des April

ich bin abschüssig abschüssig alles wann
werd' ich abgeschoss' ..
abhängig von
vielhändig von
Erlaubtem Erlauertem Erluchstem, will
mich herzudrängen nämlich
Vögel und Rotbäume (kalt noch)
knirschende, und Kirschblüte
in Wipfeln, niemandes Weiß ..
manchmal auch Glänzen von
Unrat alles Ding hier so
von Geschmeiß schillernd
Unrat und Sitte (Schutt) : *Altersschutt*
und fleckig (flockig einst), der
Schutt ist ein
Gnadenbrot, aber Hardenberg
Eskapismus ist schon
dabei ist schon darunter-
gemischt Granat-
bäume aus einem Fenster in
Griechenland, Oliven ins
Gras, das erfuhr ich : einsames
Zeichen : ins Einsame
ziehen .. als Tiergeist als Nebel spezifische
Härte, in Fieber in Un-
gestalt ich ..
dann leise verwünschen, zwischen
Dioskuren mäandernd unmündig
Uferweiden

drei Vorstudien zu »Fensterläden«

die Landschaft mit spitzen
Federn geätzt, ach in der Aschen-
Abschiedsfabrik hörnasig
hämmern die Pulse, seidig schält sich
das Ohr (das Strauchwerk), verzittert
das Auge, ja es gerinnen, grünen
die Bilder, der
Nachtwandler schweigt : Trotteurs einer hallenden
Einsamkeit . .

den Kohlensproß im Visier, die düstere
Kirchenruine mit Durchblick, eine heilige
Landschaft mit Wasserfall, doppelhäutige
Sicht : das Knüppel-
geländer, die abgebrochenen
Fichten

im Schwarzwald Wurzelkostüm, ein
tobendes Blackout, die besessene
Tanne

heißen Hirns oder Herzens, stopf ich
die Ohren mir zu auch den Schädel, wie
Ulrich halt ich die Ohren mir zu, wie auf
Stelzen zu gehen : die Zeit der verdorrte
Planet, Dalís Wunderwüste verbrannt, diese
Zeilen gehen auf Stelzen – verrückt!, die paar
Sätze auf Stelzen, ach Ulrich!, was
haben wir mit diesem Himmel getan, was
haben wir getan mit diesem Paradies von dem nur noch
Reste
Himmel und Blumen und manchmal ein
Stern, verdorrter Planet ich sagte es schon .. der wissende
Blick eines Tiers, angeleint, das Rot
von Aratym, was, Lavendel auf meinem
Klavier raschelt vertrocknet, alles die kleinen
schönen unauffälligen Dinge, Tränen am Morgen, Lachen sogar
des Kopfes, der Handschlag, Balg eines
Vogels im Rinnsal, was habt ihr an-
getan diesem schönen Planeten, oder Labrador ist
lila ein Kopf aus dem Fenster : Labrador ist
ein lila Kopf aus dem Fenster am Morgen, die Blüte
des Mittags, ein grau ein grüner Wall oder Wald, was haben wir
getan dieser Welt, wie haben wir sie
in Stücke gerissen, grausam verwüstet, verhöhnt, den ewigen
Dachsbau zerstört, gefällt und zerstampft alles zerrieben zer-
hackt Mischteufel Nordpol, ich hatte
als Kind geträumt ich wünschte den Nordpol zu malen, das ist
ein Zitat, Zeit-
leben : ambivalentes Gefühl, Einstoß in Himmel drei
Rollbalken statt eines Tors, Besen-
brigade was weiß ich, Schlapptasche über
der Brust, bin ich ein Post-

bote, Schultertasche brustüber, ein Tippeln
im Pflaumengarten, dahin .. manchmal berühren mich böse
Blicke, argwöhnisch, finster, als sei
ich eine Verdachtsperson –
wie sieht

meine Welt? hält sie noch
stand? und wie lange?

ich liebe den Herbst er
wittert, posaunt die Farben heraus, brennt
heidnisch in Köpfen, ach diese grüne grüne
Erinnerung Baum!

es regnet ein Wunder

das Ohr des böhmischen
Porzellans : Rosentasse mit
Henkel ich sah sie
heute zum ersten Mal, besaß sie
heute zum ersten Mal nach
so vielen Jahren – sie
trug keinen
Ohrring, aber die Kappe, der Skalp schien
verschneit ach der Zucker-
berg in dem Menschen will unterrichtet sein

Interieur

an Schornstein gleißend
Gegenlicht, ich habe mich
gefällt, das blendende
Gestirn bei Nacht und Tag, das rosa
Schärpentuch, die Schleppe des
Frottee, Hähnin im
Küchenstall, maus-
äugig Schläfenbiß in Morgenspiegel bunt-
gefiedert Veilchenwein
aus Orvieto, fliedersüß, hinfällig
schöne Welt .. auf
Bärenfüßen insbesonders
hängend haben Mühe oder Mühle je
nachdem, sonntags in Gastland
schrei- und hup-
gelaunt, Musik vergräßlicht
Übersprache Flor –
aus Fensternischen roter
Felsenstrauch

Overfoto

Stilleben, erd-
wärts kriechend aus schmutziger
Bodenvase die blätternden
Tulpenschlangen, geneigte
hingeschmolzene Kerzen-
stiele, daneben
die blauen kotverkrusteten
Wellingtons –
braungoldenes Stanniol
der Flügel, ich erinnere mich, im
Rinnsal der Straße, ver-
puppter Februar, platt-
gewalzt Maikäfers
Klitterung

zweimal dein Gesicht auf einem Sofa

ja es ist Zephir, ein
Himmelsgeviert, zweimal dein
Gesicht auf einem Sofa, ja es ist
so ein tauber Tag, die Schatten und
schrägen Sterne wechseln im
zornigen Rasen : Windräder
aus Pappe, ein
Artefakt

die Übertragung

inmitten von Freunden
am Gasthaustisch neben ihr, meine
Hand sinkt zum Abschied in ihren
Schoß auf ihre ineinander verschränkten
Hände, sie blickt
überrascht und verwirrt
nach unten, nach oben
floral ..

ich
pflüge die Straße, mehr-
läufiger Begriff –

verschlungene Arme

beinahe kahl im
Fetisch, im feuchten
Licht, dann Spucken und Röcheln der
Nachbarin, digital, Linksträger, Männertreu
beileibe Melissenbart rauh
gemacht, ich hoffe dir geht
das Leben mit Messen und Pflügen, das
perlt ja so kalt in die Luft!

Wolf / wie ein Wolf / sagt er

Wolf wie ein Wolf du siehst
darauf aus wie ein Wolf nach-
denklich mit gesenktem Kopf, Kopf-
tier, das Bild hat dich in einen
Wolf verwandelt auch aufgelöst, nicht
so sehr Wölfin, Wolf! auch Bruder Bruder Wolfs-
hund, mit dem Kopf auf die Brust
gesenkt sitzend, ein Wolf ich weiß
nicht gepaart mit struppig-nachdenklicher
Korpulenz (nachsichtig?) Kopf : behaartes
Gewicht nach unten, wolfs-
mäßig du siehst du sitzt ein wenig
zusammengesunken wölfisch die Schärfe!, und
gnadenlos knochenschüttelnd von Gullies
umflort, *das hat mich auch ganz*
verstorben,

das eine Auge verdeckt von China

Infralandes Versiegen der
Südfassade, sieben Orgelpfeifen mit
Vater gehen vorüber, wir messen uns
wechselseitig, Mirjam hinter mir, der türkische
Nachwuchs mit unüberhörbaren wenngleich
unverständlichen Kehllauten, sie
marschieren ins nächste
Robinsonland, schnalzen dann mit den
Zungen, Stoppelrevolvern, sogar die
Manschetten, im Fond eines parkenden Autos der
Hinweis auf eine NATURWACHT und BABY AN BORD, volle
Backe des Säuglings das Kind in der
Nische (verglast), der doppelte
Rottweiler, halbbärtig nadel-
brüstig die Frau (karamelfarben) mit
Schäften von Sonnenblumenstengeln in Korb und Arm, Sprenkel
von Speiseeis, purpurfarben, Maulbeerspuren, auf dem Asphalt,
Botticelliengel rotmähnig, üppig, tritt aus der Eis-
diele, schwingt sich aufs Leder der schwarzen
Maschine, Melusine die
Sonne, heute streiken die
Neger, künstliche Rosen im Fenster des
Kürschners, Anemonen und Palmen, schon schwärmen
die Küchenmotten aus, in Bett und Stube willkommenes
Sonnengeflecht, nackt und offen wie nie
zuvor Butter Milch Nachtmahl *Baron*, ein
Fuchsienbaum im Eimer, gescheiteltes Haar und
Auge verdeckt von China, die Klipse
brutal, der Heilige tritt mit
Routine den Drachen, darunter Gesprudel aus
Brunnenmund, ungerührt Rocken und Lamm, gläubige
an den Nieren Gedankenausstellung : *Planeten-*

mission Giotto, mit bloßem Auge zu sichten, den
neunten Februar sechsundachtzig, periodische
Wiederkehr – verhökern!, sagte mein
Vater alles verhökern! wie liebte er dieses Wort!, fünffingrig oder was, schwarze Tafel im Hausflur : komme
am so und sovielten, Stunde und Tag, der Halleysche
Komet ist im Anflug, fünfzehn was weiß ich Kakteenfinger im Fenster, getwistete selige
ausgewrungene Zeit, das ist vielleicht
die Gewalt die der Leser dem Autor antut, der
Wetterpfropfen im Hals, ganglienzitternd, entschlüge
ich mich der Kunst ich müßte sterben, etcetera, um
die Ohren mit solcher
Verschwendung,

beim Hinwegfegen der Abbilder, oder
nach dem Besuch der Ausstellung
»Palastmuseum Peking Schätze aus der Verbotenen Stadt«

in der Bahn dann die beiden
Poussierenden, das
poussierende junge Paar, oder Ohr an Ohr,
Pfeife an Pfeife rotblonder Schopf, die langen
jadefarbenen Ohrringe, des Poussierens vor aller
Welt vor aller Augen nicht müde werdend, mit
Tellerkappe studentischer Kordel, Irrwisch blau-
rot, Stundenkordel und Fuß an Fuß, Fuß über Fuß,
Fußschale, -bank, krakelierte Glasur der beiden
Alten dahinter, die, starr blickend, sich wunderten : Welten-
wächter. Mit einer Wolke am Boden, Wolken wie
Wogen, über dem Boden des Abteils, auf welchem sie
schwebten die Jungen, niedrige Wolken zwischen
den Bäumen, Beinen, der Reisenden, Gehenden, Kommenden
zwischen den kahlen Ästen verfangen, beim
Betrachten des Mondes, totaler
Hirsch!, *wo der Hirsch sei fragte ich*, zu beiden
Seiten des Dromedars hing er herab, zwischen
den Höckern des Dromedars leblos
hing er herab, segensreiche Sprüche zur
Jahreszeit in alle vier Himmelsrichtungen (beim
Waschen des Elefanten; auf der Suche nach der Pflaumenblüte
im Schnee; vielfältiges
Grün in klaren Bergen; im
Schatten einer Weide lesend ..)

in der freien Atmosphäre

und reißt aus Papier einen endlosen
Tannenbaum daß Baumes-
schatten Licht und Dunkel gleich-
zeitig zuläßt, Kindspech, und -bett
also das Knie der Ziege : *da schaut*
der Teufel heraus! : gehörnt und gehahnt, die leichten
Fasern der Birke –
wie Körbchen im Arm, gezähmt
tragen sie ihre Sturzhelme, jugendlich hinkend

lärmgewaltiger Schwärmer

so lang war die Stimmung so
doppelt bedient die Maschine (kalt)
ein Cape ein Käppi ein
roter Knall, der Bräutigam seine
Braut ist HONDA, Taille Flanken Brust-
wölbung alles vorhanden Schenkelreibung und
Herz, seine Tage und Nächte im Schlafrock, seine
Tage und Nächte untertänigsten
Nichtstuns (Hausmeisters
Schwimmanzug hinter dem Wort Genuß), so
oder unbekleidet mit Käppi verbringt er mit oder unter
ihr liegend im wohlgefälligen
Rinnsal –
Wildkatze Kolben und Furor : nach Innen-
und Unterwärtsprüfung die fassungslose
Erkenntnis : defektes
Panoptikum!

dein körperlich

lauter so kleine künstliche
Vögel, rufst du, Theater-
stimmen, Punk-Federchen im
Haar, bunt, als sie den scheckigen großen
Hund mit den Menschenaugen
anleinten am Eingang zum Supermarkt, Ab-
schattung Mädchen! mit
einer Schlange in einen Sack gesperrt sein,
türkischer
Heimatling!

Roheit in Märchen

Kopfhügel der wieder mit Haaren
sprießt? –
gespalten
der Blick, die Zunge, ins uferlose
des Tags, der Flüsse, ein
Abdruck Natur, ein Schatten tief drinnen in deinem
Aug getönt so schmerzlich
verstummt .. Haar-
frost starrt Büsche und Flur, an den Ast-
gabeln, stumpf, pendelt das Glas, das Auge
auch zugenäht des Bächleins, schon äst
aber Vorfrühlingsschein im Hangschnee, wie das
den Staub an die Brust
nimmt jedes verrohten Gegenstands, Taubenkacke auf
    Telephonkabine, ins
Holz geschossen die kleine
Geselligkeit .. *»habe dich vorüber-*
bären gesehen ..«   Kuppel auch
schwarzer Schädel, Kuppel der schwarzen Stirn, mein
ausgefranster zerfranster Leib zerbissen und Essig :
das hängt auch sehr mit dem Kreuz zusammen, heiliger
Essigschwamm! Biß
der Schlange ins Herz, getönt so schmerzlich
verstummt .. bin
keine Gesichtsperson mehr, nein, Auge zugenäht auch
des Bächleins

man sagt mir Bartrose nach

Rüschen oft Felsen-
fleisch (Vorspeise), man
sagt mir Bartrose nach, stehend, Degas,
das Mädchen auf dem girlandengeschmückten
Pferd Nacktmodell mit Werg und Watte
gefüllt, im
Reitsaal in diesen Räumen
verliert sich alles Max Ernst, die
aufklappbaren im fliehenden
Galopp aufklaffenden Gebirgszüge, Gras-
lawinen im Umlauf, *heute*
kommt die Tänzerin!, das heutige
Elitäre wie Kafka durch Bohren
auf allerkleinstem Raum –   das
künstliche Licht der Schaum
der Ballettröcke, seit Jahren locken
ihn besonders die Tänzerinnen, oder
von oben nach unten Hufe im Torf, auf
dem weißen geschmückten
Pferd die weiße Tänzerin, Liechtenstein-
Porzellan, oder erzähle ich
Märchen

komplementär

so gleich Rot so gleich
Rot ja so geschieht es mir so gleich
Rot ist die Farbe Grün in
der Welt, also Grün zugleich Rot, aber
Grießkörner, Sand, aber
wie Grieß und Sand zusammen, wie
Grieß oder Sand im Turnier in Toledo, so
geschieht es mir, also geschieht es mir meinen
Augen also geschieht es mir
auffallend –
Leimrute Zopf

im Garten von Baden

meine Gehirn-
sporen in der Minderheit, Diaspora
Samen mit roten
Herzwellen Rosen, zersplittertes
Ohr fast ohne
Fußwurzel

Doppelgängerei

ach eintrachtsvoller
Geist du Himmels-
zwirn!, wir Sternenmeere die
vorüberschießen wie
Heidenschaft (und lauthals
Ungenügen), ein
Wasserläufer unter Büschen
Hyazynth, doch sonntags lief ich als das Tier
ans Ufer schwamm schnell zu ihm hin, die
Instrumente tief, präziser
Schattenmund und brach : ich brach
dann in ein Lachen aus (GENICK)
die Zirbenwipfel buckelten, die jungen
Murmeltiere –   versprengt
verwüstet strauchelnd ich, die
Kuckucksblume an der Brust

sieben Tage vor Weihnachten

zwei Büschel Haare zwischen
den Buchseiten, schwarz, eine
weiße Vogelfeder dabei, auf ihren
Rädern drei junge Rauchfangkehrer
rudernd durch den Dezemberregen, die offenen
Leiber an Fleischerhaken im Innern
des Kühltransporters, daneben, auf dem Boden des
Fuhrwerks, ein Tannenzweig

die Turnhalle funkelt

ein Spiel vielleicht
Zusammensetzspiel vielleicht
jeden Morgen die Ziegen-
losung Handspanne Wimpern-
knick –   Eckkneipe!, würde
er rufen, dort drüben!, Pepsi-Karren!,
so weit der Erdkreis so eng die Zeit!

süß ist das / tritt es ein, zwischen lüften und bedecken

süß ist das / tritt es ein, zwischen lüften
und bedecken, verkehrtes
Bild

das Cola-Fuhrwerk wie Katzbalgerei, rufst du, wir haben
getanzt obwohl wir das sonst nie tun, die ganze
Nacht haben wir alle getanzt, die windigen
Flaschnereien, Speichen und Spiegel, und wie der Fuhrwerker,
auf seinem Kutschbock, knieend, das neue Jahr
verschlief, rufst du, dann zum Fenster gestürzt, alle
zum Fenster gestürzt, und einer von euch bei
klirrender Kälte mit der Polaroidkamera hinaus-
geklettert, den Mond
anvisiert, welcher, noch nicht ganz rund, in seinem verkehrten
sepiafarbenen Glanz
als kleiner leuchtender Stern erschien –
gefiedertes Händchen einst Tannenzweig
un meublement rouge, nachahmend strenges Liebesverlangen ..
die alte Christbaum-Gräte im Schnee, frierende
Fingerzapfen, die schwarze
Lottokollektur ruft fünf Nummern auf, mein
Daumen duckt sich zur Faust, die
Phorus-Hölle, klassischer Sonnenknecht, die wehenden
Gabelweihen : Zeitungsblätter im Wind auch
Hirnwüten Epiphanie .. bald
Lichtmeß vorüber: kein Zeichen von drüben, kein Laut ..
das Licht die schmetternde Venus ach
fernes Auge, zartestes
Schulterwerk, nachahmende
Erscheinung –   sehr anliegend liegend, im
Eispalast .. die sternige Frau gezeichnet (astray), die Frau
als sechszackiger Stern (androgynes Gestirn) : mit

geöffneten Armen und Beinen, hoher Schädeldecke, imaginärem
Glied –
Moustache im Himmel MIT PERLENZEUG
die lecke Taube, längst weggefegt die gleißenden
Kasematten, und Mond bei Tag, die grauen
Möwenschleier wehend von Uferland
(».. kein Gefackel!« .. »Sand und Steine der Straße nicht
aufs Parkett!, nicht dort zerreiben!, die kleinen und spitzen
Steinchen Skrupel ..«)
nur noch Paßgang, genierend, der Sonne Fackel
Gefackel im Westen, verkratzte
Stimme und Spur –
eine Aufregung!, ruft sie, eine große
Aufregung wenn er schließlich doch noch zurück-
kommt auf Händen und Füßen gehend, und rundherum nasses
Feld, halluzinierte
Notdurft des Schreibens, oder
gekrümmte Träne und Leib, Kirschlippe, -blüte, Kirschweih, und
Weih : weißer Papiervogel in den Lüften, Herz- und
Volksmündchen
PERLENZEUG
sternig an Händen und Füßen

.. den Burschen an sich zu ziehen, ihn aus-
zuweihen und -weiden, in Form und Farbe,
eine Maikirsche nachahmend, dahinter
die blanken,

(sonstige kleine Sänger)

Perlenzeug

das häusliche ist September ein
Zipfel des Nagetiers : Linnen und weiß und
zwischen den Zähnen : unseren Zähnen
bei Nacht der gelöffelte
Purpur und Mund an Mund die Körper geöffnet :
verschrien vom Unpaß der Träume, die schrecklichen
Träume, Nachrichten, Bilder ach wo ist meine
Pelerine daß alles mir
abrinnt –
dies halbe Gewicht es
ambrellert der Morgen, lieber
Gott laß mich nicht sterben, im Traum
er ertrank er stieg in die grünen
Tiefen hinab, sein Bein war im Traum weg, im
Geäst in der Schwebe des Vogels war er, auch
kleines Geheimnis, über meine Füße die tausend Flüche ohne
Laut zu geben, geflüstert nur, eine
Stimmohnmacht hat mich befallen .. nämlich
Flurgesang,

obwohl Gott sich seinen Namen für alle Zeit in seine
GOTTESHAND EINGESCHRIEBEN hatte, habe er sich trotzdem
in Rauch aufgelöst,
Leopold Antos am 21. 12. 1981, ich habe ihn
zwischen Zinnen und Türmen über den Rauchfängen des
Krematoriums
wiedergefunden, mit seiner Hirtenschleuder in seinem
Majoranfleisch, Abgebogenheit, Flüchtigkeit Flucht seines
Almjäckchens .. Volkshöflichkeit, das sehr gefährdete
Auge, verwehte Gesicht, aber nicht ein einziger
Finger sei nachgewachsen –
französische Einstreuung, damals in Aix, als sie
durch die graugelbe Platanenallee der Hauptstraße hindurch auf
die in der Ferne
auftauchende Kathedrale wies : ein Händchen mit einer
Pornographie : dieses Marokko, es hatte sich tief in ihr
WANGENFLEISCH EINGESCHRIEBEN (Glissando bis Blut kommt)
sich dort verbissen (Zigeunerküsse und -zähne) oder
der Gott von Marokko, immer verbissener immer rascher über
die juckende
Zehentastatur gefegt geschliffen gestrichen, mit
diamantenen Zähnen .. amöbenhaft, die amöbenbehaftete
Tischgenossin in Nizza .. LUZZI, IN DEN HIMMELN MIT PERLZEUG
tönte es aus der Kassette : ich fuhr im Taxi zur Feuerbestattung,
Fieber und
Hitze grundiert und fliegende Blumenkunst, die Gullies dampften,
der Rauch
stieg auf, brannte in meinen Augen, das Auge : Auge Gottes möge
es auch
im kommenden Jahr über Ihnen wachen! .. verkohlte Menschen-
knochen verbranntes
Fleisch .. wir legen einander die Karten .. dieser schmelzende

Kuß, dieses diamantene
Auge, Zigeunerküsse und -künste / Seufzer-
galopp : opus 9, Johann Strauß Vater, und hat
mit seiner Peitsche mir das Auge verschlossen, nachts, Rot-
haarigkeit bei Tieren, Füchsin im Schnee, schöne
Büschelohren des Luchses .. zwischen Lorbeer und Eiche
        das Land, zierlich
bestäubt, am Horizont die lichten
Kreuze der Reben

weil wenn die weißen Spuren verweht sind –

ausgewürgtes Herz

als Zigeunerkarte vom Tisch
ist mein Glück zu Boden gefallen :
von fern dann hat
die kleine Bora geweht

Veduten

Szenarium ach schon zur Eitelei geworden die wüsten Verschlingungen, Maulbeeren auf dem Parkett zertretenes Purpurschwarz welch Süße Anblicks, die Hühner im Bett, die schmarotzenden Tauben auf dem Bücherkarton, halb verdeckt Bettina Brentano in Begleitung des Huhnes oder Hundes : ich bläue die Kunst mir ein .. Affinität, ach eine rote Kordel hält die Kinnladen mir hoch und zusammen, das schuppende schnuppernde schmutzige Lebensgewimmel hier in der winzigen Nußschale, Biwakschachtel nennt B.H. dieses Zimmer, mit wiederentdeckten Blumen mit Aureolen : zerrissenem Putz an den Wänden, das schummrige halbe Gesicht aber einer Frau, das Bett aufgeschüttelt ich sagte es schon, auf dem Fußboden lag es den schlechten Zustand der Bretter zudeckend, ich fasse das Blatt mit den Fingerspitzen der linken Hand an, meine Angst vor Ansteckung, welch Auge und Antlitz!, auf dem übergeschlungenen Arm, oder Stola, ruhend der halbe Kopf mit niedergeschlagenem Blick in Wolle gebadet der Globus mir kommen die Tränen, schnaubender Atem!, ich hätte gerne kollaboriert mit dieser, mit diesem Delirium, Nachtwunder, angeheuert jedoch vom Tode bin ich, nicht viele Tage bleiben mir noch, also schnellstens und schnell, und möchte doch frei sein zu leben, der Gedanke an Erpressung des närrischen Grimassenschneiders Tod, sein unverständliches Kauderwelsch : ist mir zuwider : möchte ich brüllen in seine Fratze, ich kenne sein hassenswertes System : möchte ich brüllen, Verheerungen, Turbulenzen, Blutbad und Torsi, oder ganz heimlich auf Zehenspitzen schleicht er daher, schnell-spinnend wende ich mich beiseite, nein!, mit ernster Gelegenheit das Haupt-, gesegnet das Nebenhaar diese Haare, noch immerzu bleichend im Rasen der Zeit, Herbstzeitlosen der Liebe, klecksend Verlegenheitsbriefwechsel mit aller

Welt, was bleibt mir? mich betören : ich will mich betören
lassen von aller Welt : anblaffen, flanieren, Zauber-
botschaften vernehmen und weiter ausstreuen, undsoweiter, das
schrecklich Schmiegsame der Schlangen, Wasserschlange
Verstellung, der
obere Roland ach vor der Bienenstadt, faconnierte
Alleen, die gestapelten Plastikstühle im Freien des Sommer-
cafés mit Kettchen zusammengehalten gegen nächtliche
Diebspersonen, erpreßte Musiken halbmondhaft türkisch aus
offenen
Fensterläden, die FRITZEREI, zwinkernde Jalousien dahinter
Lichtes,
schon werfen Bettücher ihre Weißheit aus, schwenken über
blütenbepflanzte Simse, dieser abgerissene Winkel dieses
geliebte Gehäuse!, lullen und lullern was weiß ich, ich brauche
so wenig ich brauche nur wenig zu überleben : ich
brauche nicht Geld, aber Zeit sehr viel Zeit, eine Palme,
Kaffee, und Licht für
Augen,

Königsgasel

beherzter Honig fließt
aus diesem Blick, nur diese blaue
Welt, das Ufer Nachmittag.
Der aus den Blicken fließt
beherzter Honig, ich
unterhalte diese Lebenszeit, ach
wie der Wind sich wiegt in diesem
Erlenbaum, der jüngst aus Mauerritzen sich
erhob, so öffnen weiße Lilien sich, der
Duft der Linden taucht
ins tiefe Gras, nur diese blaue
Welt, ich unterhalte Lebens-
zeit, weiß ich es bricht
herein mit Schmerz und Dunkelheit, betret
ich diese neue Bahn,
stütz ich den Kopf, die Kapsel
schorfbedeckt, in meine Hand
stütz ich des Schädels Wahn,
die Kapsel dann in meine Hand
gestützt, die Kapsel ausgetrocknet
meiner Stirn und flammend Mohn und Wahn
Erschrecken junger Hirtengott,
die Schmerzenshöllen dieser Zeit
umarmen mich, denk ich, die Augen bersten
mir in dieser Zeit,
beherzter Honig fließt
aus diesem Blick, nur diese blaue
Welt, das Ufer Nachmittag, verzückt, verzehrt : Zigeunerblick
der Jahreszeit.

Lebenskünstler

als Gras im Mund ich
bringe meine Tage hin
durch meinen Mund wächst
schon das Gras ich
bringe meine Tage um /
durch seinen Mund wächst
schon das Gras mein
Vater spricht vom Grab
zu mir mein
Vater ist schon lang dahin
schön singend in des Höchsten
Mund mein Vater ist an einem
Ort er spricht zu mir von einem
Ort / ich brenne Kerzen für ihn
ab / du Lebenskünstler! spricht er
dann er spricht es halb im Scherz
zu mir er geht am Stock vorbei
an mir / das Leben mutet manchmal an
daß man auf Erden
schon im Himmel sei! sprech ich zu ihm / du
Lebenskünstler! spricht er wieder, der
Taube Bart kündigt Gewitter
an

Antwort und Frage

nur noch von Nesseln
genährt, ganz weiß geworden flog
er über die Felder Kielwasser offene
Brust –
vom Parnaß das weiße
Leuchten auf dunklem
Foto der weiße glänzende Fleck sein
lachender Mund :

wohin
fragt der Verkäufer im
Hutgeschäft, mag Ihr Vater
verzogen sein ich sah ihn lange
nicht mehr

Ein Gleiches

der weiße
Seidenspitz auf der
Fensterbank; ich, ihn umhalsend,
mit Vaters Mütze, die fällt
mir tief ins Gesicht; daneben
im violetten und weißen
Rüschenkleid die schöne
Großmutter, lächelnd –
beim Magnesiumlicht des Vaters zucken wir alle
zusammen; begraben
alle, ich
lebe

Großmutter und Enkelin, oder Betrachtungen zu einem frühen Foto

Februar 27
Rubenspark :
dreijährig ich
mit Zipfelmütze
baumelnden
Fausthandschuhen :
in den Sonnenschein
auf die Parkbank
gestellt
reiche ich ihr
bis zur Brust –
zart flockt
die kleine Hand an die große

(im Hintergrund
das steinerne Haar
der Sphinx die Dreischaft
der Wölfe :
bald ruft
das Käuzchen zwölfmal –
die roten
Seidentücher
im Wind)

wie eine Photographie

von deinen
Knabenjahren sprichst du selten

(Pupillen-
treue Lockenkopf die blanke
Wiese mit den Zinnsoldaten)

nachdenklich
sagst du es *ich bin wie damals*

Bad Elster, Erinnerung und Vorblick

ja in einem hohen
Buchenwald und vorn-
übergebeugt, auf einem
Baumkissen
saß ich einst und die Sonne
brach grün durch die Stämme, das
war vor beinah einem halben
Jahrhundert ich war
eine Riesin ich bin
ein Zwerg –
und werde kleiner und kleiner bis ich
verschwinde dorthin wo
man auf Säcken voller
Geschichten schläft, wegen
der Stimme, wegen des Lächelns, wegen
der Tränen und
Zöpfe

an diesem Morgen

umspucken
den kleinen Gebetsteppich
umlallen umhalsen
als sei ich jetzt ihre Mutter, sie
mein Kind .. so, sagt sie, kehre
sich alles um, von ihrem
Alter habe sie mehr erwartet, die Welt sei nun
nicht mehr schön

indes der Februar sprießt
im Mimosengefieder

in einer engeren Familie

am Rand der Wiese auf einer kahlen
Pappel ganz oben ein Vogel –
wenn man lang genug hinsieht, ruft sie,
aus umherliegenden wellig verschobenen
dunklen Tüchern : mehrere dunkle glatthaarige weiche
Welpen mit lichten Augen, auf ebenem
Feld, und bei Regen, Rittersporn
in die Blumenpresse getan, regsam
die grauen Zähne, dann

schaukelt die Sonne
Arme und Seelen, jahrelang

»Santa Conversazione«

Geld
liegt auf der Straße das Mütchen
zu wärmen, Reisig wie Haare herz-
seitig, ja, der Klatsch-
mohn als Kapsel, Silber-
schmuck für Allerseelen, *gesprayt*, weißt du,
sagt sie und legt
den Kopf schief, Digitalis,
durch feuchten
Gardinenspalt, das Stampfen
im Ohr, Flandern zum Beispiel
ist Widder, ruft sie, *die Eßgruppe*
im Geniesaal!

»ausgekindelt / eingehülst«, nach Bodo Hell

damals wie Leim im Gras
damals am frühen Morgen, ich höre
die Ratten pfeifen, das
hat mir die Wange zerrissen,
Telephon Nizza, störe ich dich so
zeitig am Morgen, verwandtes
Moos . .
und löffelt die Luft, ein
Affenbrotbaum vor wehendem
tintenfarbenem Himmel, der Wind
wiegt sich in blanken
Kronen, ein kleiner
Halbmond (»Körperchen«), oder Welle, wie
Matisse! wie van Gogh! rufst du, an seinem
Umgang mit den Vokalen
erkennt man den Dichter! ein
Sonnenabend mit Aquarell, die
Schemen unserer Köpfe scheinbar
verschränkt, ziemlich weite und
langsame Reise, im Zwischen-
blick Schafe vom Meerufer
Salz, vermutlich Milch-
sterne auf dem Parkett –
(*deinböckig*)
verschraubt verschroben? französischer
Herbstpalast, oder im Stande der Gnade
damals als Kind : (»Herr Jesus!« . . »garçon!«)

jeder Traum ein Äther

wie Zopf den langen weißen
Wollschal über der Schulter, in
Jeans, dann ins Mark, in den allzu
frühen Lidschlag gebrochen, ich hörte
ein Lamm an diesem Morgen, doch ich hörte
wie ein Lamm ihre Stimme, an diesem Morgen, von
diesen Mauern und was sie sprach, und wußte es
plötzlich wieder : erinnerte mich wie heftig
heftige Litanei in meinem Schädel, leuchtenden
Kerzenlichts Kette in meinem Schädel, ein roter
Vogel!, und wie es auf-
leuchtete wieder in mir also berauschend
Duft von toten Nelken und Veilchen

auf drahtlosem Weg

wie Vogelruf, undicht und lechzen, nicht
wirklich erfahrbar, lechzend leck, Riß,
der Wasser durchläßt / löse
mich auf zergehe schmelze . .
verhallende Sterne, am Morgen, der schadhafte
Wasserhahn, Gebrauch
der Sprache durchlässig, leck
und rissig wenn man die Worte nicht mehr
verhalten kann, rissig auch
der Mensch modulierend
allzu vertraulich, vermutlich
mit der Sippe von Lache

weil der Schlaf darauf liegt

am frühen Morgen die Bärte schnüren,
TANNENBAUM, DONAUESCHINGEN, LINGUIST :
erinnert aus einem Traum, nämlich
dann standen sie in der Tür, zwei
Zeugen Jehovas, auf Mund und Backe
wie damals unter die Zunge unter die Schläfe
starrten auf meine nackten frierenden Füße

Schwärmer etcetera aus dem Ungarischen

dein abwesend anwesend
Gefunsel von Stearin, was für ein
Herz ist das denn? Haar-
strumpf und -stern, auf dem Boden
ein altes angebissenes Stückchen Brot
Greisen-
laut, grau, vor deinem *glimmenden*
Fingerzeug / nämlich durch Funkenschlag
künstliches Kabinett

»das Innehalten ist der Berg«, oder Traum-Bild H.B.

als Nadelspange
über dem linken Backenknochen :
das cyrillische
Alphabet – den Diskurs
unterbrechen durchlochen, sagte
Flaubert, ist nötig. Die eingesunkenen
Seen der Augen leuchten oder
bedingt, Flut ist
Fluten er ist ein Tränenstrom : er schwamm
einmal fast hinüber von Korfu aus, ein
überschneller Opal :
die abgeworfene
Haut im schlangengedüngten
Beet oder Bett, auch
Boa

von Schlaf noch zugenäht das Auge

als hätte man ihm
in seinem winzigen
Schlafkabinett einen riesigen
nassen Schirm aufgespannt der den Raum
vollkommen ausfüllt, so
brach ihm der Schweiß aus, *zum*
Ersticken ist das!, als
ich kam und schon wieder fort
wollte mit ihm zum Essen –

die Himmelsmitte (Membran)
der lange Sessel, mit
Einrissen an den Rändern

Levitation

wie auf Fittichen
trägt es mich, meine
Fittiche saugen sich voll, dieser
Aufwind, Juni : verblassendes Kaolin, dann ist
das Allerheiligste vorübergegangen, du wächst
oder wälzt oder wählst aus dem Fundus
die Perlenschlacht, facettiertes
Organ, auskragendes Himmelsgeviert,
Wolken gefasertes Rosa, aufgerauhtes
Falsett, Wolkenspeise in weiß, ich pflüge
die weißen und gelben Hopfen-
gärten, Grotten des Himmels (Pastellfrau, Birnenlaub
an den Lippen), des
Nervenspiels dunkle schwimmende Pracht, oder des
Schwalbenspiels   Akazienwedel im
Nacken, ich fliege dahin, ein Schmetterling gelbes
Blatt, streift meinen Fuß, der Aufwind im
Aufwind die Fittiche saugen sich voll, welkes
Fronleichnamlaub raschelt im Wind, tief
unten das schwellende Rot der Blumen im Fenster, so
wird mir die Hand geführt, so der Fuß gelenkt ge-
leckt über Schläfenblau, gelackte Rasur blanke
Knospe des Schädels, darüber die künstliche
Lockenfülle dann wedelt, dann wendet er sich, eine
Drehung, *Verschiebung im Jambus*, sein Blicken zurück zu
mir, und
aufwärts – ich, mich seinen Blicken entziehend, im
fliegenden Gnaden-
stock, eine Schleierung, rufe ich, eine runde bucklichte
Wendung und Kehre, rasender Wimpel des Blicks, und des
Blickens, und Brüllens, es trauert
mich vollends, es hebt mich es hievt mich

empor .. *was für ein Mensch!* (»ich denke
jetzt immer öfter daran, ans Erblinden ..«) : mich
schaudert; der Wolke
Dressur (»nimm Deckweiß ..«), ich höre das Trommeln in
seinem
Ohr, so nah bin ich ihm
in meiner Ferne, ich bin ihm so nah, ich höre die
rauschenden Ströme in
seinem
Ohr, Tosen und Pfeifen, das quälende
Rasseln, höre, was er zu hören vermeint, ich
lege die Hand an sein Ohr, oder meines, ich sehe, was
er zu sehen vermeint also schärfer Männer Alleen spanisches
Rot das spanische Fenster, Kralle
des Fensters ein Souvenir* schwalbengleich,
rufe ich,
werfe ich mich ins Messer der Luft, lasse mich sinken. Auf
seinem Kopf, ruft er mir nach, die Haare früher
wie eine Kappe, so hoch und so dicht, *der Jambus : ein Inkubus*,
rufe ich, als Fünf- oder Sechstakt, hat er sich einmal
festgekrallt, ist er nicht ab-
zuschütteln, ist er kaum los-
zukriegen (fließende
Metrik!) und schon verloren .. die Haare
als Vorhang vor meinem Gesicht, so
war es dunkel, so
bleibt es im Dunkel, rufe ich, sich verschleudernder
Erdkreis.

* in der Souvenir, in vierzehn hohen Sternchen

ins Kaiserbuch, für Oskar Pastior

ins Kaiserbuch, quasi Quer-
schädel, *Maden im Strumpf* :
langsam bewegt sich der Strumpf im Wäscheschrank
vorwärts!, sie rudeln sich so zusammen – (WAS?!)
und tragen ihn weg –

Schilder- Schinderhaus, -hannes
ach die jungen
Sträuße bedrängen mich

Furioso, Nichttraum und Traum

zwischen Ziegen Zigeunerstuten in
Lissabon schaukelndes Lampionfest Luftballons
in den Straßen schwarze Roben mit Straußen-
federn geschmückt, Frauen auf offenen
Borden, Promenaden von Schönheit, du
trugst einen grünen Hut, hitzige
Hosenträger ich weiß nicht, es paßte
nicht ganz zum Bild, ein Hunde-
quäler im Hintergrund in einer Parkanlage, ich
konnte es sehen wie Hunde gequält
wurden, wehrlose Tiere beinahe
nichts sonst wahr-
genommen, die langen
Ramblas, die blonde Zwiebelblume auf dem
Asphalt, an deinem Bettende ein langes
Mädchenbein in jemandes Armen ich denke an »stürmisches
Tibet«, was hat das alles zu bedeuten, ich blicke auf, mein
Blick fällt in das Innere eines offenen Planenwagens, darin
ein schlafender Mann, orangefarbenes
Trikot, wie Straßenfeger sie tragen, seines
Kopfkissens linker abgewinkelter Arm (seitlich),
mit gelbem Käppchen und weißen Socken, ließen
ein Stück Haut zum Hosenbein frei, ich sehe
ihn schlummernd, Furioso : aber in
Tränen, ich sehe ihn so, Morpheus : die schwachen
Geräusche des Blutes in seinen Adern, Morpheus
in Kehrichtfarbe .. auch vorn in der
Kabine der Fahrer schlafend über das Lenkrad
gebeugt, glänzende Annexion
der Gefühle, ein einzelnes zum Tanze schwingendes
Bein, wo hatte ich das gesehen, Relais einer
Wolke, aber ein Brodeln eine Boa Gottvater oder das Auge

Gottes (als ich fünf Tage lang eine
gebirgige Grenzlandstrecke entlang
ging)

drei Traumwahrheiten
oder : kein Wort mehr über Träume

1 die Phantasie von splitternackt, verträumen

daß dort weiter spönne sich Wald als Weide und
Flor – gebratenes Wort in ein und demselben
Schiffsrumpf – also in meinen tatsächlich
Träumen komme ich weit herum : Nizza Venedig Marseille, was
weiß ich, kleine Flitzer bringen mich von den Hotels zu den
Molen und wieder zurück, in meinem flanierenden
Punk-Kopf (geschorene Grille) hier oder auch
im Verdünnen steckt Wahrheit!, ich lese in alten
Bettüchern, ein hoher
Glücksstern bietet mir seine Wange zum Kuß, seine Wangen-
schläfe – gibt es das? ist es das auf der Wange
schlafen? ich zeige
irgendwelche konfuse Notizen vor, schlafe auf
Bettüberwurf (Spülkabinett, als POSITANO beschrieben), der
Salamander wendet im hohen Gras, plötzlich der scheckige
Zimmerbrand, ich raffe alles zusammen, überall
wehen flammende Palmen, ich fürchte ich komme
überall hin zu spät, aber es ist in Wahrheit so, ich komme immer
zu früh, drehe mir Lockenwickler ins Haar und sehe mich in
einem Spiegel
um Jahrzehnte verjüngt, ich entsinne mich entschließe
mich, mir einen Bubikopf
schneiden zu lassen, irgendwelche Ringe ins
Ohr, sagt N., ich weiß nicht, die kommen dann besser zur
Geltung, sagt N.,
ich fühle mich angstüberwältigt, N. sagt, du weißt diese
Delle in deiner Wange, das Zebrahafte, auch Wangen- und
Wagenschläge, ich sehe sogleich das Zimmermädchen : einen
Zebrabastard : als Zebra ein Mädchen hängt, beugt sich, lugt

aus dem Fenster, dein Gesicht, sagt N., die langen Haare
haben früher
immer alles Unvorteilhafte verdeckt und verborgen und zugedeckt
seitwärts vertraulich
wo Schatten *herzt*, ich sehe die triefenden
See-Bären (Notdiener) bei strömendem Regen, Hoteldiener, in
diesen
NATOJACKEN die Wagenschläge öffnen und schließen, *alles Bären /
zu
laut!*, für die kommenden, die scheidenden Gäste .. eine wiederer-
standene
Schiffsmetropole, ich finde mich wieder auf hoher See in hoher
Gesellschaft wohin soll das führen, in ein oder eineinhalb
Stunden hat sich mein Zimmer fünfmal
verändert. Ein Mädchenkellner, nein – nicht Kellnerin – ein
Mädchenkellner
spricht mich an oder lacht über mich, spottet mich irgendwie
aus, irgend Haustiere (was meinem Zustand entspricht) : Raub-
vögel, auch zahme, Hunde und Katzen oder wie soll ich sagen,
Sonne
macht weniger Hügel, mager!, aber ich weiß nicht mehr, das war
einmal ein Mann von mir, auch auf jeden Fall und als Händler
heruntergekommen,

2 *pathologisches Geschirr*

sämtlich Krisen- und Greisenstab, die Schneise
breit im Gebirgsstock im Blindenstock, jagen Sie nicht
Ihrem eigenen ewig nörgelnden Astronautenherzen nach, ruft R.,
die Nase stürbe mir ab davon, ich lüge zuweilen auch während
des Traumes, aber
nur ungern, aber nur dann wenn ich verhindern möchte, daß
durch meine

Offenheit zerfetzt würde meine Welt, man verliere
Wanderschaft, ruft R., wenn ich die Handtasche mir auf den
Kopf setzte,
würde alle Welt sagen ich sei verrückt, nicht wahr, eine türkis-
(ich meine Widmungs-)Finsternis – ich werde über die Pfütze
treten, den wüsten Kalendersaft. Spülung
kaputt (Englands verbautes Zylindersystem, typisch
Panier-Geziefer, tpyisch Hasen-Alarm) : ich überlege obs lebt
obs noch lebt das Flämmchen am Steuerrad, plötzlich
scheint es mir, *es gesellschaftet mich in den Hühnerhof* (Talmi), ich
weiß nicht, ein rosiger . .
hängt am Himmel oder wir zappeln alle an ihm, pathologisches
Geschirr eines Pferdes, sein Lachen!, das Hufeisen auf der Schwelle,
immer noch, mit seinen Enden nach oben – ja, wir wissen
schon, damit
das Glück nicht ausrinnt, etc., in diesem *Verstall*:
Hasen-, Hosenstall, Koben, in diesem verschworenen
Pferdekopf in dem ich wohne; ich drehe
vergeblich den Türkenkopf, Türknopf, verliere Verwandtschaft,
Kniestücke, Flöte
von Flucht, das sind die dreizehn
Hühner die ich inzwischen eingekauft habe, ich wollte
sie Ihnen zeigen, Allwetter frömmelnd, *ich gehe etwas erfinden*,
R. sagt
SIE LESEN IN SICH HINEIN!, als wollte er sagen
SIE SPRECHEN ALS SPRÄCHEN SIE WÄHREND DES ESSENS, oder
SIE SPRECHEN ALS ÄSSEN SIE, undsoweiter, die
mahlenden Kiefer, bemalten Kiefer, das ist beinahe das gleiche,
überall
fingert der Überfall –
fleischfarben diese Welt, Brause des
Fleischers, ach
wie die Sonne flieht in den Rosensand,

Flügel, Gefirmtes : Fokus
der Strände, Horizonte, Verheißungen lila Milch, Sonnen-
koronen, die feuchten unaufhörlichen Linsen, im Dunst
Glockendunst des Oktober, mit Blumengerank zur
Böschung, zum Fluß (Honig im Fluß) sinkt der Herbst schon, was
soll ich tun das Herz die Kehle rotieren!, auch
Häher im Himmel, an den Rändern
des Asphalts wildwechselt, stutzt, verhält, verhofft, bricht auf, läßt
ihn bersten : das Rispengras!, wilder
Hopfen zwischen den Bohlen der Schienenwege, Performance :
Breakdance auf bräunlicher Kunststoffplane des schwitzenden
Paares in der Mitte der Wiese des dörflichen
Fests, der Laubtunnel schläfert, wie weht und wach solch
Dörfliches!, die Crew ist die gleiche nur zuweilen dieses
saisonable Tanz-Bier oder zum Tanz
das zum Tanz ausgeschenkte Bier mit der Schaumperlenkrone, in
der Vitrine Schaukasten Ortskern bieten sich drei männliche
Dessous an, verrückter Anblick, genarrtes Gras, erschrocken
geschoren wie Hahnenfuß, fidele Bluffs (auch Hasenkot),
unbequeme
Erkenntnisse, meine : Exkremente meine Geistesabfälle – wo ist
dieses
Zeugs, meine Niederschrift meine Niederlage, ich meine :
Handschrift,
ein sich selbst überschwemmendes mäanderndes Ungetüm,
ich kann mich nicht mehr
besinnen nicht mehr anspannen, ich kann mich meiner Hand
nicht mehr
anvertrauen, die wie es scheint etwas verbirgt, nicht zur Kenntnis
nimmt was weiß ich, zu viel verlangt von mir, außer jeglicher
Gegenbesinnung, wie : ich habe das Gefühl meine Hand ist
in meinem

Kopf undsoweiter .. nur keine Blöße geben!, denke ich, mir,
meiner rechten
Hand keine Blöße geben, also schreibe ich gleich einem
Schulkind, wie ich als Schulkind schrieb, eile mir selber voraus,
kürze
ab, kürze den Weg ab, private Kurzschrift, es fehlt mir das
Handkorsett, schleuniger Grabstichel oder was, schon ein
ahnungsloses Lamm könnte mich führen, entführen,
bewachen, meinen
Ausfall und Schlaf, gleichzeitig meine
Drüsen sind angeregt, ich könnte
die Welt umarmen!, würde der Blödigkeit (meiner) gern *zulauern*
nein, nicht *auf*-, Sie lesen schon recht, – überhaupt alles
richtig hier wenngleich teilweise unverständlich, auf Kosten von
Querverbindungen .. er sagt, bevor ich gehe, da ist
ein Lavanttaler Bananenapfel, den mußt du heute abend noch
essen, eine Köstlichkeit!, undsoweiter, unbeirrbares
Selbst, Beschirmung von irgendwoher, überallher : man sagt ja,
hilfreich
seien gute Gedanken und Wünsche
von Freunden .. im Rasen der lange gewundene
Stab : schwärzliche Schlange, gnadenlos fitticht
die Vorstadt, später aus Morgendunst taucht
allmählich der Nadelwald auf, wie auf alten japanischen
Holzschnitten, ein
winziges Wölkchen (Flause?) beinah taubenblau diesem frühen
Oktobermorgen entstiegen, das zeigt
Schönwetter an, sagt B., er muß es wissen, so feucht die Erde,
das Gras. Ein Bruder : ein
Feuersalamander rudert, hechelt durchs
Gras, wir blicken einander an, nehmen Sekunden-
kontakt auf, ich spreche ihm einen zärtlichen
Ton, er scheint mir einen Augenblick lauschen zu wollen, dann
davon ..   es schiefergraut dieser
Morgen, in seinen Gärten die Farben : zylindrische

Farben, nein – nicht Formen, ich spreche
von Farben, die gnadenlosen die zylindrischen
Farben : Endzeitfarben, ich meine ich stolpere eine Treppe
hinunter, der Mittagsschlummer! inmitten
von Seufzern Efeu und Ahorn. Er sucht mit den Zähnen
(spitz, klein) *der Racker!* : er sucht mich tatsächlich
ab und über : mit seinen Zähnen : Hund im Traum, so
orange, kongenial aber ich weiß nicht, über dem
Asternbeet schwenkt wer den Kehrbesen, flexibles
Verhirschen, es fiel mir oben nicht ein dieses Wort, treu-
händig einhändig Harakiri, nur in Gedanken, nein –   niemals!,
Verbissenheit von Stangengehölz, Holzstraße, der Pfeifenstrauch
neigt sich, streift meine Stirn, berührt mit einigen Ästen beinah
        die Erde,
schält meine Stimme (das Rotwild) .. Trophäenschlaf, der Prozeß
hat nur wenige Minuten gedauert aus freier Büchse und weiß
deklariert : vielleicht irgendwelche neoklassische
Anwandlungen (Komponenten) : in Form dieses
Käfers zum Beispiel, in Form dieses
zärtlichen Verführers von mir, blendendes
Kerbtier, Fabelwesen vermutlich, sein Turban, seine Pelze und
        anderen Augen,

schöner Brunnen, Schönbrunn

ach unratbar wie dein Herz riesig gelb *lupend lumpend* die
Wunderblüte Welt wie schwimmt gegen Mittag eben-orange, die
Bäume in Töpfen zwischen dem dunklen Laub leuchtend Zitronen,
nie
sah ich es so nie sah ich ähnliches mir ans Herz, zwischen
Viale Buozzi einmal die römischen Gärten : zwischen Viale Buozzi
(Votivköpfe der Gärten des Hotels Byron) plötzlich die gelben die
goldgelben Früchte gesichtet, ich erstarrte, ich weinte
Zitronenbäumchen
wirkliche Früchte im dunklen Laub, auch kleine
Feuerzungen im Becken, die schwärmenden Fische : Goldfische
rötlich
bis blaß, schwarzflossig mit dunkler Mähne und Grat, rötliche
Schatten zuweilen, der in größeren Tiefen fliegenden Goldfische
(zwölf)
zwölf Inseln, von Insel zu Insel wasserliliengrün wechseln die Tiere,
Blattinseln im Teich schwimmende grüne Rondeaus, vereinzelte
Blüten ein zartes Rosa, ein Gelb .. alle sieben Jahre du weißt
kehrt unser Leben sich um, es ist wieder so weit!, die dünig die
Regenwurzen am Himmel, Meerblau und Meermilch gegen zer-
rinnende Küstenstreifen, mitten drin Vögel als Punkte, muskulöse
Schwärze der nassen Neptune und ihrer Nebengötter, im
Teich nach
Dezennien Verschlungenes : Zeit und Blick, vom verschneiten
Votiv-
kopf (damals im violetten Licht) läßt sich jetzt kein Bild machen,
jetzt wo die Sonne noch brennt im Rücken, am Schädel,
rechtshändig,
-schründig die Abgründe Welt oder was, unruhiges
Instrumentieren!, die
jüngsten, zwischen den Strähnen, die Lüfte, auch Gestöhn
Häusergezücht,

jung caramelfarben die Schultern der Söhne : imaginäre Schmeichler
(Chimären), in allen Sprachen der Welt, so scheint es, die Ausrufe,
Rufe, Schreie, Gespräche – wer wagte da noch an die Deklassiertheit von
Sprachen zu denken, wer könnte solches behaupten, wie wenig beweglich
unser Gehör, stummer Spiegel des Schwans in der Rundung des Teiches,
Strauchmargarite in Fetterhenne (sehr rot sehr glänzend), es bläht
und bläst und federt und fiedert, die Luft, der Himmel, mit vollen
Backen du weißt gespreiztes Gefieder, und an der Spitze der
beiden ragenden Obelisken (ausgangs, eingangs) die vollen Raben,
vergoldet flugbereit, da ziehen Menschenschlangen hinauf, gloriettewärts,
säumen die obersten Ränder der Anhöhe, darunter nachgebildet der
Brunnen von Trevi, Endlosschleife der Beete, vielleicht kryptische
Alphabete, kryptische Botschaften, die Kuppelgänger so grün verstreut, in vielen
Sommerfarben / und Mumie : rotschädelig *sandalisiert*, ich weiß nicht
die Haut den jungen Sohn an der Hand, der läßt chinesischen Drachen
schweben, schon auswächst und -wuchert nach vier zeigt die Uhr, die
Kugeln von Buchs, und Dottergelbes strebt in die Aula, da fieber-
massiger Neptun nochmals sein Haupt,

(Briefe, Reliquien)

für einen Dichter

(».. dirigiert eine ihren
hund und rutschig ..« Thomas Kling)

eigentlich persische Pulks (Schwäne)
Schneeinnen mit Gefiepe, Ahnung von
Mangofarbe : Platzwunder, Kreppfingerlinge
am Himmel – (*seine*
Dessous!)
wächst dann herunter, die Nagel-
probe, ist dann für immer
verschwunden Spielfreund und
abgekippt (»ist alles
zu viel ..!«) mit schnee-
weißem Überwurf, damals, an der Küste von
Griechenland : Marathon, Kustos (Hüter) des
dieses einzigen
Paradieses

Küste bei Marathon

mit Behauchung, gewaltiger
Schwebeschritt über rosigen
Marmor, Blutstropfen Mohn,
oder als Harfensaite,
geflochten geschnitten verpflanzt
Haare und Nägel (Vögel) auch
Schiffschnabel Bart Artischocken
beschnitten geknickter
Blumenstab (new wave) – diese
gezwirbelte schwere schwarze
Moustache wie
Kopfverworfenheit.. aus-
geblasenes Auge und Ohr
Anbindung wenn
der Fremdling bleich
mir entgegentritt, Wegling, einziger
Taubenkiel (halsen umhalsen) Kiel-
wasser offene Brust, *wohin*
Lebenswanderung, rufst du, Feldspat
sprossend auch graues
Laubgefieder Olive, einer Insel
bräunlicher Rückenschild wölbt
die See –

halsend umhalsend

besagte
Schabracken-
Heuschrecken-
Frettchen-
post

(verschollen . .)

und schnalzte dem Hündchen
die Leine vor seine Füße, Libellen-
blick –

Begegnung mit Vogelstück

Fleisch des Gedichts, die
Qualen groß, verschwinde im
Zeilenbruch

dieses
Vorauswissen
Baumbüschung
Windbruch und   -brust
dieses
stockende
Atmen plötzlich vergeblich
Entliegen, rotes
Wehr

eine ärgste und finsterste
Kohlenarbeit . .

der Peloponnes nämlich, nach
Fußwaschung übers Parkett geschwappt
schmiegt sich ans
Zeilenknie

weil wo du Blutgasse sagst

verzittert tauend die Füße auch
Mark des September als schlügen
hinter den dünnen düsteren Wänden die
Himmelsflügel rauschend und raschelnd zusammen, und
über die Flüsse die Ströme die Füße verwitterter
Götter : da ist ein Schneetreiben, haltlos, in
meinem Kopf, da ist schon wieder ein
Tag ein neuer, so blau und grün und
fügsam (Fasane und
Tuberrosen, Wedel der Esche, den Gittertoren der
Gärten entsprungen die wilde
Rebe, die Pflaumenbäume . .)
rund kaltblütig (kalkig) wie von Segal die
Gruppe der sitzenden Männer, die pyknischen
Köpfe der Tafelrunde (prophetisch?) wie um ein
Tischchen mit Marmorplatte, Kaffeehaus-
trophäen, im schwarzen Schlapphut der eine und
Nickelbrille, so schwarz Individuum donnert sein
Augenpaar, in blauer Montur oder Trikot : Farbe
des Lastwagenfahrers die ganze Gestalt zum Beispiel
Trikot im Rückspiegel vor uns, die Schultern
bereit und Lächeln, das niemanden meint, der
rigide Blick –   im Straßen-
graben der dürre Landstreicher im khakifarbenen
Überzieher, überadrett, riegelsam (was für ein Wort!)
nicht kontaktwillig, neben ihm plötzlich
auftauchend diese Gestalt die mich
schreckt : Papageienauge runder wie starrer
Blick, nie vorher ein solches Auge gesehen, mit
Regenbogenfarben umschlossen, wüste schlotternd und
desparat, schon düstert Hagelglocke
am Firmament, ich meine die Dohle flieht

in die schütteren Kronen, also Dolch-
stoß der Dohle : Manifeste der
Dunkelheit, wird sie mich tragen die stäubende
Tiefe, spann ich die Flügel weit aus, schwing
ich mich aus dem offenen Fenster, röchelnd
und Sterne sprüht es mir aus den Augen, jetzt
spreche ich oft zu mir selbst, jetzt-jetzt mit Schlieren
die Scheiben und tränen-
dampfend

vor der Reise für die Reise

Himmel aber grünblau : durchsichtiger
Firnis, ein Wanderer zur Linken,
ans Flußmieder –
Kappe mit schlaffen Hörnern also
verkappter Kopf –   oder
kopfüber : kopfunter
Zunge immerzu sprießend, schlagend
blaßrot grundiert wie
Mastixbaum, gebrochenes
Weiß; gebrochenes
Deutsch, Unschlitt und
Euling –
voll weißer Pfeifen das
Schweizerland   –   ach Amerika!
wer könnte solches
träumen?

diese Sesselrücken wie Stierhäupter

Antibes, Picasso, gestocktes
Blut, die rosa Nüstern : Nesseltücher
des Abends, Oblaten, ausgebreitete
Brust : so sei er in die Arena
gestürmt, eine weißgraue
Taube umflatterte
seine Stirn

färbt es in die Brust oder Krankheit

an einem solchen
Morgen könne man wie auf dem Dorfe quer
über die Fahrbahn gehen ohne
sich vorzusehen, Epiphanie,
oder aus Mauerritzen gelbes gebüscheltes
Gras : verwildertes Credo, Spät-
stückchen, twenty-more, ein
ausgekrusteter Himmel, Tropfenform des
Olymp, das waren die *Frühlingsgreise* :
Blutstiller, Mädchen mit Leica, zu
fasern nach Wolkenart

das innerste Afrika

eine Morgenmelancholie legt mir
drei Beeren auf den Mund, eine Freundin bläst mir
Endzeitliches ins Ohr
meine Ungeduld nimmt zu
Kritzeleien Zuflucht : ein Mond, wattierte Hände
mit falscher Fingerzahl links vier rechts sechs,
der schöne Name eines Freunds

zertrennlich Augen Ohren Zigarettenhals, *ein*
Ich-Prophet wo ich gebraten bin

Frottage

vor mir
unter meinen Sohlen
auf dem besonnten Pflaster
die wilden Schatten von
über meinen Kopf hinwegpfeilenden
Tauben gegen mein Auge
flockt es lila und Lack –
eine leere
Pappschachtel windgerüttelt
bleibt mir hart an den Fersen

das sind Vogesen

mein Zerriß. Zeisig hoch-
gezwirbelte Luft, ein laues atmendes
Strömen April, hier der Winter war
rauh, die Schärpe geschoppt, auf
der Schräge des Daches die ruhenden
Tauben, als Abgesang Kreisel plötzlich
die Welt, das ist auch der Grund warum
sie so rasch vergeht : diese Zeit und weiß
keiner wohin und weshalb
wir nur Gäste!, der blanke
Schein und Gerüst der Sonne, im sich hin-
wälzenden Horizont   an solcher
Stelle (die Nackenfalte!) erkannte ich ihre noch
wache Entschlossenheit, immer noch
anthropologisch, wie?   ja Tränenquell –
die Sinne gingen mir über, so schreibgerecht frei, die
Schwankungen ihrer Natur, Atem-
raub, Sog, ein
Gemurmel im halben Traum, erdbeerig Rascheln, ein
schöpfendes Herz, Schonung und Morgen-
gehöft (Vogesen)

die Überflutung

ist das diese Schön-
blindheit : Frühsommerjahre mit
Schwalben, Robinien, diese Über-
flutung?
zusammengeknüllt auf dem Sofa viele
Papiervögel die in den Süden
ziehen . .
geh ich noch nicht am Stab wie einst
steifgefrorener heiliger
Nikolaus, winters, dieses
Maijubilieren, dieses Schmettern und
Frühlingswerk, gilt mir noch,
Spätling ich, und ich sah und siehe,
die Wolke und halbe
Zeit längst vorüber, schließlich den
Rhein in seiner strömenden
Wiege

Trugbild, schematisiert

das war so das war nicht
zu trösten mein Herz das war so das war nicht
mein Herz, vielleicht mit langen geschielten geschälten
Blicken in die vergangene
Zeit unsere Zeit da noch alles
alles im Einklang, da muß ich den Kopf ja
vergraben, dann schrofft mir das Herz es war nicht
zu trösten, ich sah ihn wieder wie damals, ich
winkte ihm nach, winkte ihm lange nach, er sah sich nicht
um, er hob und senkte den auf-
gespannten Schirm, wie ein Flaggschiff, Hilferuf
durch den Regen, geräumige Hügel die bald unsere
Sicht von einander verschlangen alles Schlingen und Schellen
von Schellen von Sinnen mein Herz, das kommt vom
dauernden Schellen
zerschellt ist mein Herz, die Scheintür, du schlugst
sie zu als ich eintreten wollte, am Ende
der Floren, gnadenweis (trügerisch), ein in einer Wiese sich
auseinanderbreitendes Wasser in *Kreuzform* : ich legte
mich nieder dort im seichten so
war ich ertrunken, keine
Hilfsgeister wie sonst die mir aufhalfen, nein ich zog nur
die Lehren aus der Natur, bin immer so
herunterverpflichtet zu allem, und die Hand die mich
züchtigte liebte ich mehr als die die mich
zärtlich berührte würgen (entkehlen), ich
diente ihm auf den Knien bitte
den Efeu mein heranwachsendes Herz!, bitte
eine Belehrung! eine verstümmelte
Gastlichkeit seine Stirn, Tropfsteingehege .. so
brustkrank .. als hätte ich wieder wie früher
seinen Arm in meinem Kopf,

das waren seine Floren

im bananenfarbenen Himmel der doppelte
Rottweiler zündelt hechelt
BASTA AVANTI, jetzt sind schon
in der Dämmerung grell
die Reklamen : schreiend flammend ans
Aug, reversierende Nacht – Natur
schraubt zurück, der terrassenförmig
geschorene Rasen des Stadtgartens (Raserei), rasendes
Ufer da, Menschen an Land
gespült, uneben Dogenpalast (in Wien!), die schrägen
Rocker, Schläger, das senkrechte Lamm
sind unterwegs, die beiden Schläge
der nahen Turmuhr mein Herz, ich gehe
unhörbar mit meinen
stummen Füßen in eine nächtlich
versinkende Welt –   ich
starb als Stein und wurde Pflanze,   ich
starb als Tier und wurde Mensch,   ich
starb als Mensch und löste mich auf, nichts
bleibe danach, die streunenden
Dörfer im vorübergleitenden
Zug, die streunenden
Städte wohin wird man mich bringen, die
Trauergäste mit Regenschirmen, die weiße
Hand des HAUSVATERS
irgend aus einem Fenster ungereimt
Prügelstrafe des Todes, krepieren
lediger Herzensakt, barbarisch *diese Erweiterungen*
von Freiheit

Befreiung durch Lesen, ein Weihnachtsbrief

»da ist eine Knotenschrift alter magischer
Text komplizierte Thematik –, Sie können ihn in der Pappschachtel
lassen, ihn mit den Händen halten ihn mit den Augen
lesen, oder Sie können das Heftgarn mit dem Messer
durchtrennen (da wird die Schrift
lebhaft), oder Sie können es andersherum machen, mit Augen
halten mit Händen lesen, aber das sagt in jedem
Fall BEFREIUNG DURCH LESEN ..«

Wassersachen, nach Mimmo Paladino

mit weißen
Schwingen ins violette
Licht, die Luft riecht nach Hirsebrei –
spitz und horchend vor mir dein
wächsernes Ohrenpaar Ziege
im Tal, dann verflog sich (tamponte)
der Kuß Klebestreif über Wasserschaften
Träne und Meer auch Mühlen Fluß
Fischereien, komm
herunter das Federchen
sträubt! französisch
die Gasse kehren / queren – allez!, Kopf-
sorger Lippen-
ähnlichkeit, der erkaltete
Garten, verzagte
Mund –   hockhackig, die klumpigen
Halme am Schuh, vom fliehenden
Lauf durch die Stoppelfelder, von
nahe, mit gelbem Pigment das Echo
von Hundegebell aus dem Tal, von Handkunst Blicke
weichen mir aus, Wasch-
zimmerzettel .. was abfällt vom Tisch
(»wenn ich mit Frauen
rede, das Feld ..«) – (».. was für ein Feld?«)
(»Felsstück und Fest ..«) – (».. das SCHWARZE
hat sie dir abgeschaut ..«)

sitze als Vogel im dürren
Feld : kann nicht mehr
auffliegen

solide Nadeln

hinter frierenden
Scheiben, als Meteor in der
Geschichte als verflossenes Meer
oder Blumenfleisch, die aufgescheuerten
Blößen zur Not bedeckend, halb
abgewandt du auf dem Sessel vor mir mit übergeschlagenen
Beinen, hochgezogenen
Schultern Flügelschlag wenn der Vogel
seine Ankerkette
in die wirbelnden Lüfte senkt
oder fliehendes Firmament, fand ich
Echten Erdrauch klebriges Kreuz- oder Geistkraut Ginster
wenn man sich bückt auf zugefrorenem
See unter kahlen
Gebüschen, niedrigen
Zweigen der Bäume hindurchzufahren : weißblondes
Gestade jenseits, in dunklen
Bögen der Krähenchor, Berg-Enge, kurze
Ansammlung Hitze rufst du die Welt
zu umfangen am Morgen, zu stapfen die erste
Dämmerung, Stockstimme (erstickt), selbdritt Nachtigallen
im Palmensaal, palmus : die Spanne : die Zeit : ist
nicht für uns : ein Nachtschattentag im Fenster vorüberfliegender
Stunden, Brotkügelchen auf dem Tisch den du
verlassen hast das hat
keine Sprache mehr viel
Betrübnis

Rembetika

als fliegender Bote
zu einem weißen Gast (viel
Bitternis Herzplage / Außenröcke
der Stadt), den Filz tief
in die Stirn gerückt, die abgeholzten
Wälder im Arm, Räucherwerk Krötenschwiele sogar Span
im Nagelbett grünendes Auge, wer
hatte uns Jouhandeau
empfohlen? Kegel
am Horizont, überzuckertes
Backwerk, die Mutter
im Traum auf den Armen getragen, dieses besessene
Ausblasen, rufst du, von Türen und Fenstern, ganz ausgeblasenes
Herz oder besinnungslos ausgehöhlt
in der Brust und am frühen Morgen, die
lauchdurchdufteten Berge, horngekrönten
Klausner, Wimpern
der Honigkröte, stillen
Organe –
weltärmelig wirtlich meist zu Gegenständen
der Pracht –
mit deiner sanften
Zunge Kirschkerne zählend in meinem
Mund, ein doppelter
Regenbogen im Himmel nachts dann die Pritsche teilend mit
dir liege ich schlaflos traumlos
wieder den zärtlichen
Glanz vor Augen der duftenden Blütenmonde im hohen
Holunderbaum,

das Anheben der Arme bei Feuersglut

wie Orchideen (Iden/Ideen) um meine Ohren
wachsen wehen, züngelnd
in Parma, unter perlmuttfarbener
Pergola deines Lids, Licht-
einfall, Binario, Atem, doppel-
zügig verwirrt Kopfregen blendend mein
Balsambaum

auf Jagd und Jordan
die Außenröcke der Stadt
(»bißchen eingefleischt, outskirts, im Alter stout ..«)
in den riesigen
Markhöhlen Gottes / nämlich
es wird
alles über den Schnellbeutel ..

die schiefen
Berge der Hölle Hahnenschrei-
Kirche – ach dein
Erdbalken zittert dein
Meeresarm schlingt sich um mich

den Hirtenfels aber
zärtlich zernagt die Quelle

»Kopf seines Körpers«

das Lorbeerblatt
am letzten Apriltag, er
hatte am Lorbeer geleckt statt solcher
Ableger im Kindsmieder –
viel Galgengebirge und Fluß, Schlange
flüchtig durch Landschaft, früher
viel Wild –   wir tauschten
unsere Mäntel an Brücken unsere Mützen in
Gärten, saßen auf Ästen der Bäume, am
See sogar Isar diese Kammern des
Reiches, Brief einer
Füchsin, wir Fluten des
Sessels, o Sessel voller Geschichten Fluten auch
Flusen : Ausbund, ich, Schatten des Schattens schleppe
mich hin durch die Welt also ein Schmerz-
urteil!

Gegenbild

die erleuchteten Honigwaben
von gegenüber, das apere
Herz der Mauerkrone, Flieder
und Tulpenbaum, Ausrüstung
einer zuckenden Sonnenschlange, ach
werde mir nicht zum Phantom
mit deinen verstreuten Lidern,
Ruderknecht!
zu Fisch oder Fuß ohne
Besinnung –

plötzlich lauf ich dann über!

Krypta

reglos Seite an Seite
in der ohnmächtigen
Hülse des Schlafes
ruhten wir nachmittags :
wie in Königs-
gräbern die schuppenglänzenden
Mumien, von einander
nicht wissend, dennoch einander
bewahrend

du Vogelmensch läßt dein Gefieder sinken

zusammen alt geworden geht der Atem
leiser, nicht vieler Worte brauchts ein Blick
genügt, ein nahes Lächeln wärmt Blühwangen künstlich, durch
solcher Herzen unratbare Zeit will
Dunkelheit –
kiwitt kiwitt –
wie hingepinselt Lebens Bäume ohne Relief

mit großen Tropfen Traumkanal

wenn du weinst sagst du wie Walfüße Julius
Patzak wie Lackmus : ändert sich
Farbe in Frau, oder
vor Trockenheit lechzend, Risse bekommen
wenn du weinst sagst du Walfüße durch Kanal
meinen Scheitel streichend sagst du im nu
guckst so rosa so blau : hast du
Eier gefärbt? Spuren
von Farbe im Kochtopf
vom vergangenen Osterfest bläulicher
Schein Walfüße eine Tapetentür
bauscht –
mit welkenden
Füßen zu schaufeln
im Laub jetzt Oktober Ragout rufst du mit der Witwe
des Sängers sehr lebhaft wir essen zusammen, Platzregen
halt mich nur fest rufst du solange
ich da bin!

vielleicht weil das Auge zuerst bricht

der Körper will
sich ja schließen! rufst du Verdruß und
Krankheit die Witwe : Göttin
aus der Maschine, die grünen
Zigeunerkarten plötzlich aus der Tasche gezogen
vermischt, dreimal abheben! linkshändig! die
Rosalia sichtbar zu machen (bewaldet), wir
essen kleine Drachen den Mond, das
Land ist Löwe viel Hitze Pompeji Kunstwellen Kälber-
leib Bekröter sogar : Wahrträume – wie
mit vielen Augen aus jeder Pfütze getrunken, die
Vögel picken das menschliche Auge zuerst aus, alles
verflochten Krankheit Verdruß Säge
des Laubs, mein
Gaumen krümmt sich aber es ist kein Schatz
zugegen, die Treue Beständigkeit
aus den Karten gelesen, *Werktreue?* rufe ich, Asche
werden, Stativ deiner Beine, Schläfe mit
Kappe, Oktoberkeule dein schnarrendes
Maulhorn ach *wo unsere*
Schatten einander entgegen sind –

Mannesalter : plötzliches Stoppelfeld

zerborsten kleiner stacheliger ich
meine blitzender zarter Kinnbart, zum
erstenmal sah ich den blonden
Ursprung von Flaum so auch glänzte
darüber Herbstlicht in dieser
Gewecktheit, in einer Wirbelsäule
grundierter versteckter Kraft-
knoten . .   die gebündelten
Mandelgärten : das Geäugte deines aus deinen
Augen geäugte
Gebirge des Schlafes

Gedicht mit Motto

(»mein Herz ist trocken« : Sprache der Mayas
für : ich habe Durst)

ich habe Durst
gehabt aber du hast mir von deinem Wort
nicht gegeben

ich habe Hunger
gehabt aber du hast mir von deinem Blick
nicht gegeben

ich habe Erde gegessen des Himmels Wasser
getrunken und überlebt

mein Herz ist trocken
Fremdling der Liebe

Winterglück

eine Erlösung eine Offenbarung jetzt diese
Stimme wieder zu hören Vogelstimme jetzt dieses
Gezwitscher, etwas wie Paradiese blühten
auf ich vergösse die
Tränen

aber die Stimme kommt nicht Vogelstimme nein dieses
Winterglück
ist mir nicht zugedacht jemand
anderer an einem anderen Ort wird es wird dieses Gezwitscher
Vogelstimme Stimme empfangen an meinerstatt jetzt in dieser
Stunde Sekunde

Hautanziehungen

sülziger Morgen Haupt ihm und Wimpern
der Schädelstätte Kopf-
steinpflaster, Sofa gesalbt, der
Neumond ein Schattenbild unter den Büschen, magnetischer
Schlaf, Halbglatze ziemlich obwohl Fez
auf dem Kopf und rundum die trällernde
Heide auch Herde das Alte häuft sich : Menschen und
Häuser (Seidenpapiere), die ledersüchtigen
Tritte Wacholderschaften, es schlingt
mich verschlingt mich meine gichtbrüchigen Finger Glieder, das
räudige Frettchen : ich
am Rande Strumpfrobe Kokos, am Rande gelblich
Mütterchens Wange aus den Schläfen das sprießende
Schilf oder was, du erfragst die
Bedeutung? also die Gichtbrigade in mir unterwegs, die
ausgetrockneten Adern warmherzig gutherzig alles
vergilbt, und es rieselt die Kluft oder Luft, nestelt
sich fest in mir, ein saftloser Traum, wo ist der Himmel
geblieben, wo der Morgen? klinische
Früchte aus dem Schleier gesprochen entsteigen dem
Kopf undsoweiter, vertrocknetes Laub, *Kartoffelfeuer der*
Herzen!, die bewegten
Augen von damals der kräftige Nacken von damals – vielleicht
sollte man wilder sagen : verwildeter Nacken, ein
Tiger der Proportionen, Blondland der Arme, was sich umdreht
in mir, Sehen und feucht die schönsten die Quellen sind im
Versiegen der Mund vergilbt oder bläulich, und WARTE DOCH! rufe
ich, Tränen, so Früchte der Augen
alsdann
wenn Herzenswiderstand kalbt ..
Waldrebe, Blechhahn über dem bunten
Dache im Wind zu klicken : Schädels

Monstranz. Deiner Blicke und Hände Seufzer-
motiv,

Abruf Knochen-Werk

Musik für eine Hand Un-
geschick : meines. Aus der Plakat-
mündung einer gekroppten Negresse die
automobile Fontäne nein brüllendes Kotz-Angebot
das Ausstoßen unerfahrenes Rülpsen der Seelen
(Wonnefiguren der halben weiblichen
Kinder : leisten sich übererwachsenes
Schlendern, galantes Gleiten überbauschter
Hüftregion : die geräumigen Bündchenhosen, jenes
gnädig-gelassene Senken der Lider, gelangweilte
lässige Schwenken der Augen – desparater Sprach-
gebrauch, kontaktverdrossen, oder -versessen je nachdem, die
Erscheinungen sind mannigfaltig), die
Schlote : immer die gleichen Assoziationen!, efeuumschlungen, ich
meine hängende Gärten, auch Windhundepaar, Welpen noch, es
wird Regen geben, E.W. sagt ES IST SCHON WINTER!, hinter
Fontänen von Licht schleiert ein regenbogenfarbener silberner
Morgen, zwei Stadt-Dalmatiner Stadtstreicher, schnalzender
Hundebesitzer!, kläffen und keifen (partout) umschlingen
sich, einander ebenbürtige Ringer, zwei junge
Panther korrespondierende Brüder vielleicht, knospende
Panther, was sage ich : DAMASZENER KLINGEN!, umschlingen
sich lieben
sich mit den Vorderläufen gegeneinander in der fiebrigen
Umarmung von Ringern, in einander verbissen dann, liebes-
spielhaft, wie damals : nicht einmal dieses warteten wir ab, ins
Innere des Hauses zu gehen, sogleich an der Eingangs-
tür fielen wir übereinander her, verbissen uns in
einander, waren nicht mehr zu trennen, gemeinsam
schleppten wir, trugen wir uns zum Lager .. galoppierten
davon –
vollgekarrt ein riesiger

Laster mit Buchsbaum und hohen Palmen durch den
Morgenverkehr, ich
kann meinen Blick nicht lösen davon, die Gärten!, die Gärten!, aber
vermutlich für irgend republikanischen Festakt, Staffage .. sollte
umgekehrt sein, die Festaktanwesenden als Staffage undsoweiter,
klumpend
in Klumpen wie Leimruten, Kugelwuchses »gesegneter Leib«
stehen
sie, schleppen sich, repetieren sich in rasenden
Wiederkünften, das rohe blutige Fleisch, wieder
ein UNIKAT mehr!, huckepack schleppend den halben
Ochsen vom parkenden Kühlwagen in den Lagerraum der
Fleischerei, ich
sehe mit hoch erhobenen Armen den Fleischer als flehe er
um sein Leben, oder als gäbe er sich geschlagen, das blutende
Schlachtvieh um den Hals : eine gesprenkelte Boa, das blutende
Fleisch auf dem Rücken und über den Kopf gestülpt, er trägt
einen ehemals weißen blutbeschmierten Kapuzenmantel, erinnert
an Narkose, OP, Seziertisch, lautloses Wimmern, Schwestern-
häubchen .. (»da roch es doch immer nach Hoffmannstropfen
daheim, also
muß es den Eltern auch manchmal schlecht ergangen sein«, sagt
E.J., er muß es wissen, Kalesche und Nelkenbeet), MIKADO :
das Spiel, Gesellschaftsspiel in der Kindheit, gegen die frisch
verputzten Wände des Nebenhauses : Stelzen und Latten, Hölzer,
Stangen und Stäbe, zusammengeklappte Doppelleitern,
Gerüstreste,
Pfähle und Palisaden, gegen die gelbe strahlende Hausfront
gelehnt, Ganglien, Nachdenken über den schielenden
Augenstern dieser Welt (Stiefmütterchen? – ist das
Schwärmerei?), leises Gewimmel, nachts das Licht-Collier die lange
gewundene Straße herab, überwucherndes Leben, Fleisches-
menschen in offenstehenden Gaststuben, noch ist Sommer,
eingespeicherte Trunksucht (»dein Rausch, und gib etwas ab
davon!«),

und es war so viel Sand und bei offenen
Fenstern, dieses Wort LOTTERBETT – ich erinnere
mich ich weiß nicht ich kenne es seit meinen
Kindertagen,

Rosenfragment

mit Farbstich, Fremdflocke, magisches
Werk, Schüttelhaltung, anarcher
Kunstverstand, unter der Schläfe
zu liegen, wir essen den Mond, blinken und blicken,
zu viel, viel zu viel, zu blendend, an
den Lippenrändern das Vlies, leuchtendes
Lächeln, funkeln, Innenpolster der Hand, ich
schwanke im Sattel, eigentlich
nicht erkennbar, rufe ich,
schnepfend, zwischen kleinem und
großem Liebfrauentag, ein Lebens-
ein Liebesfreund, als die Zeit
weiterging, im schwankenden Sattel
des Bergs, das halb erloschene Traum-
gesicht, hinter Wolken-
blättern verborgen, *ja, Quendel!*

Inhalt

Einzelne Gedichte sind den folgenden Personen gewidmet:

H. G. Adler (S. 27), Heimrad Bäcker (S. 87), Elisabeth Borchers (S. 84), Otto Breicha (S. 94-99), Hilde Domin (S. 35), Thomas Gröne-Hincke (S. 117), Bodo Hell (S. 50), Ernst Jandl (S. 89-90), Georg Kierdorf-Traut (S. 63), Olof Lagercrantz (S. 40), Gisela Lindemann (S. 83), Heidrun Loeper (S. 17-19), Emi Neckamm (S. 49), Inge Poppe (S. 13), Reinhard Priessnitz (S. 39), Nina Ranalter (S. 70-71), Heinz F. Schafroth (S. 38), Siegfried J. Schmidt (S. 16), Ginka Steinwachs (S. 113), Erika Tunner (S. 47), Liesl Ujvary (S. 48), Siegfried Unseld (S. 72), Peter Weibel (S. 108), Mia Williams (S. 60), Paul Wühr (S. 30-31).

Die Bücher von Friederike Mayröcker im Suhrkamp Verlag:

Das Licht in der Landschaft. 1975

Fast ein Frühling des Markus M. 1976

Heiligenanstalt. 1978

Ein Lesebuch
Herausgegeben von Gisela Lindemann
suhrkamp taschenbuch 548. 1979

Ausgewählte Gedichte 1944-1978. 1979
suhrkamp taschenbuch 1302. 1986

Die Abschiede. 1980

Gute Nacht, guten Morgen. Gedichte 1978-1981. 1982

Magische Blätter
edition suhrkamp 1202. 1983

Reise durch die Nacht. 1984
Bibliothek Suhrkamp 923. 1986

Das Herzzerreißende der Dinge. 1985

Friederike Mayröcker
Herausgegeben von S. J. Schmidt
stm. suhrkamp taschenbuch 2043. 1984